Un franc le volume
NOUVELLE COLLECTION MICHEL LÉVY
1 FR. 25 C. PAR LA POSTE

ALPHONSE KARR

— ŒUVRES COMPLÈTES —

LA MAISON CLOSE

NOUVELLE ÉDITION

CALMANN LÉVY, ÉDITEUR
ANCIENNE MAISON MICHEL LÉVY FRÈRES
RUE AUBER, 3, ET BOULEVARD DES ITALIENS, 15
A LA LIBRAIRIE NOUVELLE

LA

MAISON CLOSE

ŒUVRES COMPLÈTES
D'ALPHONSE KARR
PUBLIÉES DANS LA COLLECTION MICHEL LÉVY

AGATHE ET CÉCILE	1 vol.
LE CHEMIN LE PLUS COURT	1 —
CLOTILDE	1 —
CLOVIS GOSSELIN	1 —
CONTES ET NOUVELLES	1 —
LA FAMILLE ALAIN	1 —
LES FEMMES	1 —
ENCORE LES FEMMES	1 —
FEU BRESSIER	1 —
LES FLEURS	1 —
GENEVIÈVE	1 —
LES GUÊPES	6 —
UNE HEURE TROP TARD	1 —
HORTENSE	1 —
MENUS PROPOS	1 —
MIDI A QUATORZE HEURES	1 —
LA PÊCHE EN EAU DOUCE ET EN EAU SALÉE	1 —
LA PÉNÉLOPE NORMANDE	1 —
UNE POIGNÉE DE VÉRITÉS	1 —
PROMENADES AUTOUR DE MON JARDIN	1 —
RAOUL	1 —
ROSES NOIRES ET ROSES BLEUES	1 —
LES SOIRÉES DE SAINTE-ADRESSE	1 —
SOUS LES ORANGERS	1 —
SOUS LES TILLEULS	1 —
TROIS CENTS PAGES	1 —
VOYAGE AUTOUR DE MON JARDIN	1 —

ŒUVRES NOUVELLES D'ALPHONSE KARR
Format grand in-18

DE LOIN ET DE PRÈS (2e édition)	1 —
LES DENTS DU DRAGON (2e édition)	1 —
EN FUMANT (3e édition)	1 —
LES GAIETÉS ROMAINES	1 —
LETTRES ÉCRITES DE MON JARDIN	1 —
LA MAISON CLOSE (2e édition)	1 —
LA PROMENADE DES ANGLAIS	1 —
SUR LA PLAGE (2e édition)	1 —

Clichy. Impr. M. LOIGNON, PAUL DUPONT et Cie, rue du Bac-d'Asnières, 12.

LA MAISON CLOSE

PAR

ALPHONSE KARR

DEUXIÈME ÉDITION

PARIS

MICHEL LÉVY FRÈRES, ÉDITEURS

RUE VIVIENNE, 2 BIS, ET BOULEVARD DES ITALIENS, 15

A LA LIBRAIRIE NOUVELLE

—

1870

LA

MAISON CLOSE

A LÉON GATAYES

I

LE LUXE

20 août 1868.

Où en sont les grèves à Paris ? — Te souvient-il d'un volume, publié en 1852, que je dédiai au général Eugène Cavaignac ? Dans ce volume intitulé : *une Poignée de Vérités*, chapitre II, page 13, je raconte un apologue fort développé qui explique la tendance actuelle et dont voici le résumé :

Dans un certain pays, fort enclin à la soif, les gouvernements, d'accord avec les religions, — les uns par l'autorité, les autres par la persuasion, — ont longtemps fait consentir le peuple à se contenter de boire de la petite bière dans de petits verres, — en réservant la bière double et les grands verres pour les rois, les courtisans et les pontifes ; ceux-ci même avaient amené un certain nombre de personnes à ne boire que très-peu de bière, à ne boire que de l'eau, à ne pas boire du tout, — sous prétexte de nectar qui, dans une autre vie, leur payerait ces austérités. Je raconte alors comment, après de longs siècles, ce peuple devint enragé, et tous en vinrent à vouloir boire de la bière double dans de grands verres ; — d'où beaucoup de verres cassés et beaucoup de bière se perdant en mousse. Cet apologue ne s'applique pas plus aux grèves qu'au « luxe effréné » à propos duquel M. Dupin vient d'obtenir un si grand succès. — De toutes les égalités demandées et proclamées, une seule me paraît définitivement conquise, c'est « l'égalité des dépenses » : le luxe. Cela conduit fatalement à chercher par tous les moyens l'égalité des recettes ; les grèves sont l'expression la plus innocente de cette tendance.

M. Dupin n'a rien dit de neuf, n'a rien proposé de praticable; — le succès de son discours est dû à ce genre de curiosité qu'excite l'annonce d'un ours enfilant des perles ou d'un éléphant ramassant avec sa trompe « les plus petites pièces de monnaie » ; on s'est dit :

— Voyons comment ce M. Dupin va parler des femmes.

Jasons, à notre tour, un peu sur ce sujet.

Le luxe, en lui-même, n'a que peu ou point d'inconvénients. Je dirai plus : le luxe est une chose agréable et qui peut avoir son utilité.

Mais je parle du luxe qui est une richesse et non de celui qui est une pauvreté.

Le luxe des gens riches est un robinet mis à une citerne, mais le luxe des pauvres est la porte ouverte aux plus tristes misères et aux plus inévitables hontes.

Est-il quelque moyen de s'opposer au luxe effréné des femmes? — C'est ce que nous allons chercher ensemble.

Le luxe effréné des femmes, dit-on, en *est arrivé aujourd'hui*, etc., etc., etc.

Aujourd'hui!...

N'était-ce donc point ainsi hier? — Quelle est l'heureuse époque où ce luxe effréné, ce luxe ruineux, ce luxe misérable n'existait pas?

Est-ce sous l'Empire? Non, l'impératrice Joséphine — qui fut longtemps reine de la mode, comme l'impératrice Eugénie aujourd'hui, — contrevenait aux volontés les plus opiniâtres de son époux et de son maître en se prononçant contre le blocus continental et en inventant le luxe des étoffes prohibées. — La spirituelle duchesse d'Abrantès n'a pas ménagé les révélations sur le luxe de cette époque.

Est-ce du temps de la belle madame Tallien

qui prenait des bains de framboises écrasées?

Est-ce sous le Directoire qu'a régné cette modestie dans les ajustements qui contraste avec le « luxe effréné d'aujourd'hui » ? — Non, certes. Remonterons-nous à Louis XVI, — alors que Marie-Antoinette *travaillait* avec sa marchande de modes et que l'on imagina tant de costumes étranges et tant de moyens d'enlaidir les femmes?

Ce n'est pas sous le règne de mesdames de Pompadour et du Barry qu'il faut chercher cette simplicité regrettable.

Nous voici à Louis XIV.

Louis XIV a essayé de s'opposer à un luxe passablement effréné aussi de ce temps-là — et il s'y prit de bonne heure.

Le 31 mai 1644 (le grand roi devait avoir à peu près six ans), Sa Majesté faisait savoir à son peuple ce qui suit :

« Comme il n'y a point de causes plus certaines de la ruine d'un État que l'excès d'un luxe déréglé qui, par la subversion des familles particulières, attire nécessairement celle du public, etc.

» Nous avons résolu d'apporter la plus extrême rigueur à empêcher la dissipation des biens de nos sujets en profusions, superfluités, vanités et excessives dépenses... »

Suivent deux cents lignes « d'inhibitions et défenses » détaillées sur les étoffes, les dentelles et les galons, dont la plus grande hauteur est fixée à *deux doigts*. — Puis cent lignes de menaces, — et enfin ordre aux baillifs, sénéchaux justiciers, etc., de tenir la main, etc.

« Donné à Paris, le dernier jour de *may* de l'an de grâce 1644. — *Signé* Louis. »

Et plus bas :

« La reine régente, sa mère, présente.

» Et scellé *sur double queue* du grand sceau de cire jaune. »

C'est précis, n'est-ce pas? et le grand sceau

de cire jaune à deux queues n'était pas une plaisanterie.

Eh bien, le 12 décembre de la même année paraît une nouvelle déclaration du roi, lequel dit :

« Tous les règlements qui ont été faits par les rois nos prédécesseurs et nous ont été inutiles et sans exécution et n'ont servi qu'à faire voir le mépris de leur autorité, la faiblesse des magistrats et la corruption du *siècle*, etc., etc.

» De l'avis de la reine régente, notre très-honorée dame et mère, — de notre très-cher et très-amé oncle le duc d'Orléans, — de notre très-cher et très-*amé cousin le cardinal Mazarin*, etc., — renouvelons nos *inhibitions* et nous proposons d'y ajouter notre exemple en exécutant ce que nous commandons, etc. »

C'était là une bonne pensée que cet exemple donné et qui aurait pu avoir de l'efficacité, — mais nous ne trouvons nulle part l'exemple annoncé.

Exemple :

Le jeu de hocca avait été apporté d'Italie, d'où Urbain VIII et Innocent X l'avaient chassé.

Ce jeu, où le joueur a deux chances de moins que le banquier, plut par sa nouveauté et causa des ruines terribles par ses chances calculées. — Le Parlement intervint et prohiba le jeu de hocca à peine de prison et de mille livres d'amende. — Trois autres défenses suivirent inutilement la première.

Alors, on eut recours au roi, lequel fulmina deux ou trois ordonnances contre le hocca, dans l'une desquelles il joignit la prohibition du tabac, qui lui déplaisait souverainement.

Eh bien, à cette même date, madame de Sévigné écrivait :

« On joue des jeux immenses à Versailles ; le hocca, défendu à Paris, s'y joue tous les soirs chez le roi. — Une perte de cinq mille pistoles avant le diner, ce n'est rien. — C'est un vrai coupe-gorge, etc. »

Aussi, dès le 26 octobre 1656, on voit une nouvelle déclaration dans laquelle — ce qui ne lui était pas ordinaire — le roi déjà soleil reconnait son impuissance, mais l'attribue « au malheur des troubles intestins qui, pendant les dernières années de notre minorité, ont violé en plusieurs manières l'autorité des lois.

» Il est nécessaire de remettre en vigueur nos règlements pour la réformation du luxe et des dépenses insupportables qui se font dans l'étoffe et parure des vêtements, etc.

» A la ruine de nos sujets qui se dépouillent imprudemment de leurs biens par des dépenses excessives et particulièrement de notre noblesse qui, par une sainte émulation, se laisse engager à des profusions qui détruisent les maisons, etc. »

Ici, il n'est plus question, comme on le voit, de donner l'exemple.

Le roi s'élève avec véhémence contre les carrosses dorés et, en même temps, contre les chapeaux de castor. — Il défend de payer désormais ces derniers plus de *quarante livres et cinquante tout au plus.*

« De notre certaine science, pleine puissance et autorité royale, scellé du grand sceau de cire jaune » *toujours* sur double queue.

Nouvelle déclaration du roi du 27 novembre 1660.

Il avoue « qu'on n'a tenu aucun compte des règlements précédents » ; cette fois, c'est à cause de la guerre. — Aujourd'hui, le vainqueur a résolu de « couper le mal dans sa racine ».

C'est de cet édit que parle Molière :

Oh ! trois et quatre fois béni soit cet édict
Par qui des vêtements le luxe est interdit !
Les peines des maris ne seront pas si grandes,
Et les femmes auront un frein à leurs demandes.

L'an de grâce 1660 et de notre règne le dix-huitième.

» Scellées du grand sceau de cire jaune. »

Cette fois, il n'est plus question de la double queue du grand sceau de cire jaune ; — est-ce pour cela que cette ordonnance fut encore inefficace? de sorte que tout était à recommencer le 18 juin 1663, à laquelle date « Sa Majesté, ne pouvant plus souffrir que ses sujets s'incommodent par la dépense excessive où le luxe les engage », s'élève avec énergie contre les « agréments veloutés, les houpes, les ferluches à rosettes et à courtisanes et les porfilures dont on chamarre les habits ».

Autre ordonnance le 17 novembre 1667.

Puis, le roi découragé, et ne voulant plus se compromettre, les édits qui suivent sont au nom du lieutenant de police de la Reynie.

Mais, en 1673, le roi, dans une nouvelle ordonnance, confesse que « toutes les défenses et sages règlements semblent n'avoir fait qu'augmenter la licence, la profusion et la ruine des familles, » etc.

Autre ordonnance du 10 février 1687.

Autre de mars 1700.

Autre du 12 décembre 1703.

Le grand roi est vaincu. — Ce n'est donc pas sous son règne qu'il faut chercher le contraste « du luxe effréné d'aujourd'hui ».

Voici, du reste, ce que disait alors Saint-Simon :

« Qui défera nos dames de ces immenses rondaches de paniers insupportables à elles-mêmes et aux autres ?

» Aujourd'hui, la coiffure est un bâtiment de fil d'archal, de rubans, de cheveux et de toute sorte d'affiquets de plus de deux pieds de haut qui met le visage au milieu du corps. »

Ne trouvant pas là cette époque de simplicité que nous voudrions opposer à « aujourd'hui », remontons à la Régence.

Madame la duchesse d'Orléans, mère du régent, rappelle sans cesse dans ses lettres les infractions à l'étiquette et les empiètements.

« Je ne veux pas souffrir, dit-elle, qu'on se présente devant moi en écharpe et en robe *ballante* (¹) ; je ne puis ni ne veux tolérer ces familiarités ; j'aimerais mieux ne voir personne. »

Et ailleurs :

« Les paniers que je ne porte pas, et les robes ballantes que je n'admets pas en ma présence. »

« Je n'ai point vu la princesse de Siegen; elle prétendait être saluée et pouvoir s'asseoir. »

Elle ne désapprouve pas mademoiselle de Valois qui, accompagnée de madame de Villars, s'en allait épouser le duc héréditaire de Modène; madame de Villars prétendait avoir le droit de boire dans un verre à pied présenté dans une soucoupe, comme mademoiselle de Valois !

Mademoiselle de Valois préféra, pendant tout le voyage, ne pas boire en dînant.

Cependant, la duchesse d'Orléans, qui ne manquait certes pas d'esprit, se ravisa quand elle vit la comédie au dénoûment et son rôle fini.

Comme elle mourait, une de ses dames lui baisa la main. « Ma chère, lui dit-elle, maintenant, vous pouvez m'embrasser, si ça vous plait,

Je vais dans un endroit où j'ai idée que nous serons tous égaux. »

Remontons à Louis XIII.

Première ordonnance contre le luxe : — édit du mois de mars 1613 (lui aussi commençait cette guerre de bonne heure, il avait douze ans).

Deuxième édit en 1629.

Troisième édit en 1633 (novembre).

Quatrième édit du 16 avril 1634. — Les tailleurs, s'ils contreviennent aux prohibitions, sont *déclarés infâmes.*

Cinquième édit en 1636.

Sixième édit en 1639. — Cette fois, on n'y va pas de main morte : « Défend à toute personne de porter avec aucun linge quelque *passement* et *dentelles de fil* que ce soit, à peine de 1,500 livres d'amende. »

Ces édits continuent à produire peu d'effet.

La mode règne despotiquement.

Le charmant livre d'Agrippa d'Aubigné parut en 1617, c'est déjà un trait de génie qui donne à l'ouvrage des droits à l'existence dans tous les temps, que d'avoir mis en présence le bonhomme *Enay* (εἶναι, être) et le baron de *Fœneste* (φανεσταὶ, paraître), comédie éternelle.

« Pompignan, dit le baron, inventa des découpures sur le pied de la botte — pour faire paraître un bas de soie incarnadin ; ceux qui n'ont pas de bas de soie le remplacent par du ruban de la même couleur... »

Foeneste. — Il y a après la diversité des collets à doubles rangs de dentelles, ou bien fraises à confusion.

Enay. — N'avez-vous point de dispute avec les dames ?

(On pense bien que les *dames* ne le cédaient pas aux hommes).

Voici quelques vers d'une longue pièce publiée en 1624 :

. . . .

Jadis celles qui demoiselles n'étoient
Aux cottes ni taftas avances ni damas ne portoient.

. . . .

La robe de taftas a prins d'ailleurs son cours.
La bourgeoise s'en sert *maintenant* tous les jours

. . . .

La dame... est contraincte avoir la robe de veloux
Et d'autres de damas et de taftas dessous.

. . . .

Pour une cotte qu'a la femme de bourgeois,
La dame en a sur soy, l'une sur l'autre trois,
Que toutes elle fait également paroistre,
Et par là se fait plus que bourgeoise connoistre.

II

ÉVOCATION

... Quelle fut mon émotion, lorsque je vis le crayon abandonné sur le papier se redresser et tracer rapidement des lettres, des mots, des phrases, etc ! Je voulus juger si M. Allan-Kardec avait raison relativement au *perisprit*, c'est-à-dire à une sorte d'ombre du corps pouvant quelquefois être visible et tangible, et je passai la main au-dessus du crayon et derrière lui ; — probablement je coupai ainsi un courant de fluide magnétique, car le crayon tourna sur lui-même, roula sur le papier, s'y coucha et redevint immobile au milieu d'un mot commencé : *An*...

Assez triste de ma maladresse, je ne me découragéai cependant pas, et, la nuit suivante, je recommençai mon évocation.

Mais, cette fois, j'avais pris une plus grande confiance dans le phénomène qui n'était plus douteux pour moi, et, me rappelant qu'aux séances du cercle des Invisibles de M. Brasseur, comme aux séances de la société Spirite de M. Allan-Kardec, plusieurs esprits se réunissaient volontiers, j'évoquai une vingtaine de personnes dont le souvenir se rattache aux idées surnaturelles, et je plaçai une poignée de crayons sur de grands carrés de papier étalés sur une longue table.

Le premier soir, j'avais évoqué Balzac, et je lui avais demandé quelques renseignements sur la vie des esprits.

Voici sa réponse :

BALZAC. — Quelle sotte idée de nous ramener ainsi sur la terre que Dieu nous a permis de quitter, après une épreuve plus ou moins longue ! Si j'obéis à ton évocation, c'est que je te sais gré de n'avoir pas, comme les autres, attendu, pour reconnaître mon génie, que je fusse mort ; c'est-à-dire que j'eusse abandonné à jamais mes prétentions sur le papier blanc. J'étais vivant et nous étions brouillés quand tu as écrit : « L'Académie de ce temps-ci veut aussi n'avoir pas » nommé son Molière ; » Je t'ai souvent envié : tu pouvais dire de moi ce que tu pensais, et, moi, je ne le pouvais pas.

» Je te répondrai donc : La vie que nous menons est charmante ; nous vivons au milieu des créations des poëtes, des peintres, des sculpteurs et des musiciens.

» Ces divinités de marbre, de toile, de papier sont devenues vivantes, et vivantes d'une vie éternelle. — En arrivant ici, j'ai trouvé, non-seulement Homère, Virgile, Praxitèle, Rousseau, Gœthe, Shakspeare, l'Arioste, Mozart, mais aussi Hélène, Didon, la Vénus de Gnide, Julie, Charlotte, Juliette, *An*...

C'est là que j'avais interrompu Balzac, soit en interceptant un courant magnétique, soit en offensant, d'un mouvement brusque, le *perisprit* de son bras. Mais, le lendemain, le crayon reprit le mot interrompu :

— ... *Gélique*, etc. — Elles sont vivantes, réelles, animées et immortelles comme nous. De charmants oiseaux sifflent tour à tour les beaux airs qui ont obtenu, comme les figures des poëtes, des peintres et des sculpteurs, de devenir immortels, bienheureux et canonisés.

— Tu ne me parles pas de nos contemporains demandai-je.

— C'est, répondit Balzac, que pour plusieurs le sort de leurs œuvres n'est pas encore décidé : quelques-unes des figures qui leur doivent la vie errent encore dans les limbes de l'examen et de la critique, en attendant la canonisation.

» Quelques-unes de nos créations, cependant, montent tout droit et d'un seul vol jusqu'au ciel. Ainsi, j'ai été reçu par madame Marneffe et par Delphine de Nucingen, dont je suis devenu tout à fait amoureux, en dépit de Lucien de Rubempré.

» Tu comprends, mon vieil ami, qu'on ne quitte pas volontiers une pareille société pour revenir dans ce pays du trivial, du lieu commun et de la baliverne que vous habitez. J'ai voulu te manifester mes bons sentiments, mais ne t'y accoutume pas.

— Il n'est donc pas vrai que tu sois forcé de venir à l'évocation de tout médium?

Balzac ne répondit pas; — le crayon, abandonné, tomba inerte.

Mais le crayon, qui avait dessiné, en tombant, une sorte de parafe, ne tarda pas à se relever et a tracer une écriture un peu carrée, dont les mots et les lignes étaient extrêmement serrés ; je reconnus l'écriture de Gérard de Nerval.

— Que me voulez-vous, mon ami, me dit-il ?

— Étiez-vous là, mon cher Gérard, tandis que Balzac tenait le crayon ?

— Oui, nous étions venus ensemble.

— Ce qu'il nous a dit est-il vrai ?

— Parfaitement vrai, si ce n'est qu'il vous a dit qu'il était amoureux de Delphine de Nucingen, parce qu'il n'ose pas avouer qu'il est tombé dans les piéges de la Marneffe.

— Les poëtes sont-ils heureux là-haut ?

— Il n'y a plus de poëtes, il y a des intelligents ; qu'est-ce que la poésie ? un souvenir, un regret, une aspiration. — Là où nous sommes, tous nos souvenirs, tous nos rêves sont réalisés et vivants : nous voyons clairement tout ce que nous avions deviné et entrevu ; nous voyons Dieu face à face, dans toute sa splendeur ; nous avons obtenu nos entrées dans les coulisses du théâtre de la création.

— Mais vous, mon cher ami, êtes-vous heureux ?

— Oui certes ; — quand je suis venu à votre voix, j'étais avec une femme de Rubens, que j'avais passé toute ma vie terrestre à chercher et pour laquelle j'avais pris assez mélancoliquement la chanteuse rousse que vous savez ; — elle m'attend sous le plus bleu et le plus *flou* des arbres peints par Boucher, arbre dont j'ai obtenu la canonisation — et ça n'a pas été sans peine ; — c'est cette femme à gauche dans *la Descente de croix* qui est à Anvers.

— Est-il vrai, mon cher ami, que les esprits dégagés des corps conservent leur *moi* et se font un plaisir de venir jaser avec MM. Allan-Kardec, Brasseur, etc. ?

— Demandez à Arago ; et permettez-moi de remonter là-haut. Une femme qui s'ennuie, est capable de tout, fût-elle peinte par Rubens ; elle pourrait me tromper, ou, qui pis est, maigrir. Dites à Gautier et à mes autres amis que je sais combien vous m'avez regretté et quel bon et tendre souvenir vous avez tous gardé de moi.

Le crayon tomba; mais je m'aperçus qu'un autre déjà courait sur une feuille de papier voisine : — c'était Arago qui, obéissant à l'invitation de Gérard, voulait bien répondre à la question que Gérard lui avait renvoyée.

ARAGO. Nier à *priori* ce qu'on ne comprend pas est une sottise ; c'est borner le monde à l'horizon, c'est croire que ce que nos yeux ne distinguent pas, n'existe pas, — sans penser que les microscopes ont toujours été se perfectionnant, et étendant pour nous l'immense cercle de la création, — qu'on les perfectionnera encore, et qu'ensuite il y aura des multitudes, des millions de myriades d'êtres que les microscopes de l'avenir, qui révéleront tant de choses encore, seront cependant impuissants à vous faire discerner.

» Cependant, il faut distinguer entre l'inconnu et l'absurde.

» Je ne crois pas devoir vous faire des révélations complètes sur notre vie actuelle.

» Mais je puis vous dire que votre jugement, votre raisonnement doivent vous servir comme le flair au chien, comme les cornes au colimaçon et ses longues barbes à la langouste.

» Admettez que les âmes de ceux qui ont vécu, au lieu de retourner s'abîmer, comme je soupçonne que vous le pensez, dans le grand foyer central, dans l'océan de vie et de lumière où la création puise sans cesse; admettez que ces âmes conservent l'agrégation de parcelles de molécules qui en a fait un être à part, qui en a fait le *moi ;*

» Admettez, enfin, non pas l'immortalité de l'âme — qui est hors de doute, puisqu'il faut admettre même l'immortalité d'une goutte d'eau, qui monte en vapeur, retombe en pluie, se confond dans l'Océan ou tremble et brille sur le pétale d'une rose, — mais l'immortalité de l'individu; — ou le maître de toutes choses accorde à ces âmes délivrées et fatiguées de leurs chaînes de chair une nouvelle et différente existence en dehors des relations terrestres, — ou, s'il leur donne un rôle parmi les vivants, ce doit être un rôle grand, utile, bienfaisant, efficace, — ou du moins, doux et rémunérateur, tel que d'avertir, d'éclairer les humains, ou de veiller sur les objets de nos affections que nous avons dû abandonner dans la vie. De plus, débarrassées des besoins des sens, des infirmités, ces âmes doivent s'être élevées, doivent avoir grandi dans une proportion immense.

» Eh bien, les apparitions dont on vous parle répondent-elles à ces conditions que le jugement peut seul admettre ?

» Tous ces discours prêtés aux plus illustres morts, sont-ils supérieurs à ce qu'ils ont dit et à ce qu'ils ont écrit ?

» Loin de là, ils ne font que deviner des rébus et des charades dans un langage misérable et vulgaire.

» Et ils seraient condamnés à passer leur éternité à amuser des gens avec qui, pour rien au monde, ils n'auraient consenti à causer cinq minutes de leur vivant! Ce serait un des enfers les mieux réussis qu'aient jamais faits les poëtes, et le sort de ces pauvres âmes serait déplorable à faire regretter la vie terrestre.

» Si je suis descendu à votre évocation, c'est qu'il est temps que cette plaisanterie cesse, et que vous lanciez sur les spiritistes, spiritualistes et invisibles un essaim de vos *guêpes*. Dieu vous a donné la haine inexorable de l'absurde, du trivial et du mensonge; vous avez une mission et un devoir, remplissez-les. — Adieu.

Le crayon tenu par Arago retomba et resta immobile pendant le restant de la nuit; personne n'osa le ramasser.

Mais, au même instant, comme s'ils eussent attendu son départ, comme si sa présence les eût gênés, je vis les douze ou quinze crayons que j'avais taillés se dresser et s'agiter tous à la fois; en vain j'essayai de suivre leurs mouvements, et de lire ce qu'ils traçaient, ce fut impossible. — Heureusement, les papiers sont là et je vais les transcrire. — Outre ceux que j'avais évoqués, d'autres esprits sont intervenus sans que j'aie songé à eux le moins du monde. Mais les exemples d'une pareille intervention ne sont pas rares, aux séances de MM. Allan-Kardec et Brasseur.

MESMER. Après le baquet, les passes; après les passes, les tables tournantes; après les tables tournantes, les esprits frappeurs; puis les tables écrivantes, puis les crayons, les cartons, les planchettes, etc.

LA PYTHIE. Donnez-moi quelques feuilles de laurier, que je les mâche.

TROPHONIUS. Voilà de la mise en scène et du charlatanisme.

LA PYTHIE. On sait que je ne rendais jamais les oracles d'Apollon sans avoir mâché quelques feuilles de laurier.

(D'après les théories de Brasseur, on frotte le crayon d'un peu de laurier.)

LA PYTHIE. Il te sied bien, ô Trophonius, de parler de mise en scène, avec ton antre et tes hallucinations qui empêchaient tes initiés de jamais rire de leur vie !

MESMER. Mon baquet n'est autre que le trépied sur lequel tu t'asseyais.

LA PYTHIE. Le baquet est ignoble.

MESMER. On ne peut cependant pas tromper toujours les hommes de la même manière.

L'ABBÉ DE SAINT-PIERRE. On les trompera donc toujours?

LAÏS. Il est impossible de ne pas les tromper au point de vue de l'amour. Ils ont dans la tête un type de femme impossible, qui ne ressemble en rien à une femme vivante, et auquel il faut s'arranger pour ressembler, sous peine de ne pas obtenir leur précieuse approbation. Il n'y a pas de religion qui soit aussi hardie dans les miracles qu'elle offre à la crédulité de ses adeptes, que le culte que ces messieurs veulent bien nous rendre.

UN PRÊTRE D'AMMON. Une religion sans croyances contraires à la nature et à la marche ordinaire des choses, n'aurait aucune chance de s'établir : les hommes veulent être trompés.

ALEXANDRE. Et en politique donc! si je n'avais pas déshonoré ma mère Olympias en prétendant qu'elle avait trompé mon père pour Jupiter..., je n'aurais pas eu la moitié de ma puissance.

ROMULUS. Et moi, que n'ai-je pas dû à la fable de mon allaitement par une louve!

NUMA POMPILIUS. M'aurait-on écouté aussi bien sans la nymphe Égérie?

MANGIN, LE MARCHAND DE CRAYONS. Et moi, sans mon casque de pompier, que serais-je? Combien vaudraient mes crayons?

MAHOMET. Et ma colombe?

SOCRATE. C'est par le chemin de l'erreur qu'il faut conduire les hommes, même à la sagesse; — sans cela, aurais-je imaginé mon *Démon*?

CAGLIOSTRO. Ah çà! pardon de vous interrompre, Socrate, mais est-ce que Mangin est mort?

MANGIN. Non, je me suis assoupi après un bon dîner; j'ai laissé un moment mon corps, comme on laisse ses habits pour se baigner, et je suis venu parmi vous, pour me distraire.

JEANNE DARC. J'étais jeune, pure, exaltée, dévouée à mon pays jusqu'à la mort; tout cela n'aurait servi de rien si je n'avais été envoyée directement par Dieu et si je n'avais traduit ainsi la mission qu'il m'avait indirectement donnée, en me donnant le cœur et l'esprit que j'avais.

CHARLES VI. Croyez-vous que cela ne nous a pas servi, de laisser croire que nous guérissions les écrouelles en les touchant?

VOLTAIRE. C'est imprudent : à force de les toucher, on finit par les gagner et on devient crétin.

SAINT LOUIS. Je vous annonce M. Allan-Kardec.

(On sait que c'est saint Louis qui annonce les visiteurs dans les séances de M. Allan-Kardec, comme c'est Charlemagne chez M. Brasseur, au cercle des Invisibles.)

M. ALLAN-KARDEC. Défiez-vous de M. Brasseur !

CAGLIOSTRO. Oui, c'est la boutique à côté.

CHARLEMAGNE. Je vous annonce M. Brasseur.

M. BRASSEUR. Dites-nous d'abord votre vrai nom ; on ne s'appelle pas Allan-Kardec. Dites si ça se prononce Guillaume ou Durand.

M. ALLAN-KARDEC. M. le gérant du *Moniteur de la Toilette !*

M. BRASSEUR. M. le prudent pseudonyme !

CHARLEMAGNE. Saint Louis, faites donc taire votre homme.

SAINT LOUIS. Imposez silence au vôtre.

CHARLEMAGNE. Vous faites là un joli métier : concierge de M. Kardec !

SAINT LOUIS. Et vous donc ! garçon modiste et barbier en sous-ordre.

CHARLEMAGNE. Figaro l'était.

BEAUMARCHAIS. A bas le sceptre, maladroit !

(Il se fit alors un mouvement de crayons et un bruit de grincement sur le papier tel, que j'abattis les crayons de MM. Allan-Kardec et Brasseur, et de saint Louis et de Charlemagne.)

LE MARCHAND DE VULNÉRAIRE SUISSE. Si ze n'avais pas un assent étranger, si ze ne m'habillais pas en zénéral, on ne croirait pas que mon vulnéraire souisse il guérit de tous les maux, du mal de tête et des cors aux pieds, de la dissenterie, de l'apoplexie, de l'anarsie, de la philosophie. Et mon confrère le dentiste, il s'habille aussi en zénéral, loui ; sans cela, on ne lui confierait pas sa massoire, et il a des domestiques habillés en colonels qui zouent de la mousique ; sans cela, on ne loui croirait pas de talent,

LE DIACRE PARIS. En a-t-on fait, des cabrioles, et de la catalepsie et des convulsions sur mon tombeau, dans le cimetière Saint-Médard en l'honneur de Jansénius! Si on ne trompait pas un peu les hommes, ils s'ennuieraient.

URBAIN GRANDIER. Merci! avec cela, on m'a torturé et brûlé vif, parce que les ursulines de Loudun faisaient des culbutes et invoquaient Asmodée.

MADEMOISELLE LOUISE. Peut-on parler?

MATHURIN BRUNEAU (Louis XVII). J'allais prendre le crayon, mais je vous le cède, gentille demoiselle. — Qui êtes-vous?

MADEMOISELLE LOUISE. Je suis la somnambule de madame Lafontaine : douée d'une figure ordinaire mais expressive, qui devient belle dans les grands mouvements de la passion; je n'aurais jamais osé, ni même pu me cambrer les reins jusqu'au demi-cercle, ni lever les yeux au ciel jusqu'à les désorbiter, ni faire certains mouvements de hanches en public et convenablement, sans le prétexte d'une exaltation produite par le magnétisme et la musique; ça fait plaisir aux vieux et ça ne fait de mal à personne.

LOUIS XVII (Mathurin Bruneau). Vous avez fini, mademoiselle, à mon tour. Combien de désastres, de révolutions avez-vous subis depuis quelque soixante ans, pour avoir interrompu les traditions de la légitimité! Au premier abord, ça paraît raisonnable de donner l'empire au plus digne, comme fit Alexandre; mais rappelez-vous quel gâchis suivit le règne d'Alexandre.

» Le plus digne est celui qui, étant le plus fort, tue, bat, emprisonne, exile, épouvante les autres.

» Pour manifester qu'on est le plus digne à des gens qui se défendent, il faut être le plus adroit, le plus traître, le plus résolu, le plus féroce.

» Si je voulais vous tromper, c'était pour renouer le fil coupé de la tradition et de la légitimité, et vous épargner ce que vous avez souffert depuis.

M. ALLAN-KARDEC. — Monsieur Brasseur, quand vous aurez fini de me faire des grimaces...

SAINT LOUIS. — Ça, c'est vrai, qu'il fait des grimaces à M. Brasseur.

CHARLEMAGNE. — Vous avez bien besoin de vous mêler de cela.

SAINT LOUIS. — Vous vous en mêlez bien, vous.

M. BRASSEUR. — Je cesserai de vous faire des grimaces, monsieur Kardec, quand vous m'aurez dit franchement comment on prononce Allan-Kardec.

SAINT LOUIS. — Tu te répètes, mon fils.

CHARLEMAGNE. — Pourquoi qu'on ne lui répond pas, aussi.

M. KARDEC. — Pourvu que ça ne se prononce pas Brasseur, je serai content.

M. BRASSEUR. — Brasseur porte le nom de

son père, au moins : Pierre Brasseur engendra Antoine Brasseur, *qui genuit* Fortuné Brasseur — lequel je suis.

(Ici, MM. Brasseur et Kardec, MM. saint Louis et Charlemagne écrivent tous à la fois sur le même papier, les crayons s'entre-choquent, s'épointent, on se les arrache.)

ALCIDE TOUSEZ. — Président, couvrez-vous.

ODRY. — Vous n'avez pas de chapeau, je vous prête la tête de l'ours blanc de Chahabaam.

BOSCO. — Tous farceurs ! et pas forts.

Le tumulte est à son comble ; je n'ai de ressource que de frapper sur les crayons qui tombent et roulent, de telle sorte que la séance est terminée.

On sait que les esprits écrivent très-gros, absolument comme quelqu'un qui écrirait en tenant un crayon enmanché dans une table ; soixante-trois feuilles de papier ont été couvertes, dans cette mémorable séance, qui laisse loin derrière elle toutes celles données jusqu'à ce jour par les sociétés spirites et spiritualistes, et par le cercle des Invisibles, etc.

Je défie MM. Brasseur et Allan-Kardec d'oser dire que les choses ne se sont pas passées comme je les raconte.

III

LA LIBERTÉ

Voici ce qu'on répond aux gens qui se plaignent que la liberté d'exprimer la pensée ait des entraves.

« Il y a liberté complète de la pensée pour ceux qui pensent bien.

» Par exemple, dans le domaine de la mode, car il ne s'agit pas ici de politique, bien entendu, un certain nombre de gens, — entre les couleurs, ont adopté... supposez le vert; — le vert est une couleur qui a son mérite, elle n'est pas trop salissante, elle n'éblouit pas les yeux; enfin, elle est à la mode; on n'empêche personne de s'habiller de vert, il y a sur ce point une liberté absolue et sans limites; mais, si vous ne vous en contentez pas, et que vous ayez l'idée bizarre de vous habiller de bleu, si on se moque de vous, si on vous injurie, si on crie à la chie-en-lit! si on vous refuse l'entrée des endroits publics, si on vous rosse un peu, vous croirez-vous le droit de vous plaindre? — Vous avez la liberté de vous habiller de vert; le vert a beaucoup de nuances; c'est une liberté très-large qui peut suffire aux gens honnêtes, mais ça ne vous suffit pas, tant pis pour vous! acceptez les huées et les mauvais traitements, et ne vous en prenez qu'à vous, — qui aviez la liberté de vous habiller de vert et n'avez pas voulu en user; surtout ne vous plaignez pas de manquer de liberté, puisque votre malheur vient de ce que vous en avez trop; puisqu'il y en a une dont vous vous abstenez. »

Je voudrais bien savoir ce qu'on répondrait à ce raisonnement; mais on ne répondra pas, et, comme dit Martial : c'est une grande force que de savoir se taire :

Res est magna tacere !

IV

COMMUNIQUÉ AMICAL A UN JOURNALISTE

A M. LOUIS COMBES

Rédacteur du *Nain jaune.*

J'ai à vous remercier de deux choses, mon cher confrère : d'abord d'une appréciation obligeante, ensuite de l'occasion que vous m'offrez d'écrire quelques lignes dans un journal que je lis avec une vive sympathie (je n'excepte pas vos derniers articles, au contraire); c'est précisément à cause de cette sympathie, qui naturellement s'étend des rédacteurs aux lecteurs, que je viens me justifier d'une accusation que vous portez contre moi.

Vous dites :

«... M. Karr, qui ne manquait jamais de consacrer quelques pages à des moqueries... contre les rubans de toutes les couleurs, *a fini* par y passer comme les autres. »

Mon ami Tony Johannot me racontait un jour qu'il avait fait le portrait d'une femme.

— Ah ! monsieur, lui disait-elle, je sais bien que je ne suis pas jolie.

— Comment donc, madame !...

— Laissez-moi dire, je ne suis pas jolie ; mais j'ai une prétention, c'est d'avoir le nez d'une forme très-heureuse; et, comme je vois que vous dessinez mon nez, je vous le recommande.

Et, un peu après :

— Ah ! vous en êtes à l'oreille !... c'est un

trait bien insignifiant que l'oreille; mais on a fait de si jolis vers sur mon oreille..., que...

— Je l'avais certainement remarquée, madame.

Et, un peu après :

— Pardon !... le front est peut-être tout ce que j'ai de bien : je me suis laissé dire que mon front avait un peu d'intelligence et d'élévation; je vous prierai de l'étudier.

Nous autres poëtes et écrivains, nous avons dans l'esprit et dans le cœur toujours un peu de la femme, c'est à la fois notre faiblesse, notre force, notre supériorité.

Ah ! monsieur, vous dirai-je, vous me donnez pour un homme qui, ayant beaucoup plaisanté les croix, *a fini* par se faire décorer.

J'ai une prétention, — comme la femme dont Tony faisait le portrait, — c'est de n'avoir jamais écrit que d'après mes sentiments, mes pensées et mes opinions, et de m'être *presque toujours* conduit d'après mes sentiments, mes pensées et mes opinions.

Je n'ignore pas ce qu'il y a de grave dans ce « presque toujours », que ma conscience m'oblige de dire; cela est un aveu que je ne suis ni invulnérable ni infaillible; mais, puisque vous m'accusez à tort, j'en vais naturellement abuser.

Je commence. Dieu sait quand je finirai !

Mes plaisanteries ne sont *jamais* tombées sur l'invention ou l'institution des récompenses honorifiques. J'ai blâmé, au contraire, et plaisanté souvent les rois et les ministres qui avaient la sottise de diminuer par de mauvais choix la valeur d'une forme de récompense supérieure aux récompenses pécuniaires, et qui, attribuée avec discernement, permettait de payer ce qu'on ne pouvait payer avec la monnaie, — laquelle n'arrive aux choses élevées que sous la forme de la balle d'argent du *Freyschutz* (*Robin des Bois*), c'est-à-dire pour les tuer, ou au moins leur casser une aile. Ma première décoration a été une médaille de sauvetage. Cette décoration a un grand inconvénient, elle porte sur une de ses faces la cause qui l'a fait décerner. Aussi, comme elle ne pouvait s'obtenir ni par une lâcheté ni par une complaisance, elle n'était guère en faveur; et j'ai raconté ailleurs comment je n'ai pu obtenir de quatre ou cinq de mes amis qui ont été ministres, et deux un peu davantage, qu'on attribuât à cette décoration un ruban spécial — de telle sorte que tout citoyen français a le droit de porter un ruban tricolore, — excepté ceux qui ont reçu cette médaille de sauvetage, car alors ils sont censés « porter le cordon sans la médaille », ce qui est défendu et les expose à l'amende et à la prison.

Depuis, cette médaille est devenue un peu à la mode, et on en a abaissé le titre pour la rendre plus abordable.

Autrefois, on ne l'obtenait que lorsqu'on pouvait y inscrire — avec vérité — qu'on « avait sauvé au péril de sa vie ». On a supprimé cette partie de l'inscription.

Cette décoration m'a été donnée il y a longtemps; j'avais dix-neuf ans, et elle m'a valu dix années de plaisanteries des journaux du temps. Je vous avouerai que, moi qui ai passé pour me connaître en plaisanteries, je n'ai jamais compris le côté drôle de celle-là.

Cette décoration, j'en ai été fier et heureux, je vous demande grâce pour elle, c'est ma seconde prétention. Voici déjà le nez et l'oreille du modèle de Tony; mais n'ayez pas peur, je fais meilleur marché des autres, et je vais vous aider à vous moquer de moi, des croix que j'ai eues, et aussi un peu de celles que je n'ai pas eues.

Ma médaille de sauvetage me donna, bien longtemps après (une douzaine d'années), l'occasion d'une des plus heureuses flatteries qu'on ait faites à un roi.

C'était à l'inauguration des galeries de Versailles : presque tous les écrivains, nous étions alors moins nombreux qu'aujourd'hui, y avaient été invités, et nous fûmes présentés au roi

Louis-Philippe. Je n'oublierai jamais un détail de cette présentation.

Le roi avait une faconde d'apparat facile et volontairement incolore et point compromettante. Un de mes bons compagnons d'alors, Capo de Feuillide, fut présenté avec un groupe dont je faisais partie ; il avait préparé un discours qu'il commença à débiter lorsque le ministre eut dit son nom au roi, sans remarquer que le roi commençait aussi le sien, et tous deux, le roi et l'écrivain, continuèrent à parler simultanément sans se troubler et sans s'arrêter jusqu'à la fin.

Quand vint mon tour, le roi me demanda ce que c'était que ma médaille dont je m'étais naturellement orné pour la solennité, et je pus lui répondre avec vérité :

— Sire, c'est absolument la même chose qu'une couronne civique qui vous a été décernée, lorsque vous étiez duc de Chartres, pour avoir sauvé un soldat qui se noyait.

Il n'est pas douteux que c'est pour cela que

je fus nommé chevalier de la Légion d'honneur... dix ans plus tard.

Il ne s'était pas encore manifesté chez moi pour les décorations cette ardeur que vous signalez, mon cher confrère. Vous pourriez lire dans les *Mémoires* de Dumas que j'aurais été décoré deux ou trois ans plus tôt, si, apprenant que j'étais sur une liste, je n'avais demandé une audience à M. Duchâtel, alors ministre.

Dans cette audience, je lui racontai que la croix d'honneur avait été promise à mon père par l'impératrice Marie-Louise, puis par les divers gouvernements qui s'étaient succédé, et je lui fis facilement comprendre que je ne pouvais recevoir la croix avant mon père.

Cette croix, qui me vint quelques années plus tard, suffit momentanément pour éteindre ou du moins calmer ma soif, car, l'ayant reçue en 1845, et ayant eu depuis deux ou trois amis ministres, et deux autres, Lamartine et Cavaignac, maîtres de la France, je suis encore, après vingt-deux ans simple chevalier. — Il est vrai que j'ai négligé, pour devenir officier et commandeur, la flatterie qui m'avait si bien réussi ; pour flatter ceux qui se sont depuis succédé au pouvoir, j'aimais trop les uns et pas assez les autres.

Mais alors je tournai mes batteries du côté de l'étranger, et une autre flatterie me valut la croix des Saints Maurice et Lazare.

En 1852, — j'avais quitté la France pour l'Italie, je dus me mettre en correspondance avec le comte de Cavour au sujet de certaines formalités relatives à la publication des *Guêpes*. Cette correspondance continua dans certaines circonstances, lors de la guerre d'Italie (je parle de la première, celle qui était *pour* l'indépendance de l'Italie) ; le roi Victor-Emmanuel, qui a le courage.., du sabre à un haut degré, fut acclamé caporal des zouaves par le régiment français avec lequel il avait combattu.

J'écrivis alors à M. de Cavour, et je traitais cette question : qu'il était bon qu'un roi s'exposât de temps en temps à la façon des soldats, que les exemples en sont, du reste, plus rares qu'on ne le croit, parce que ceux qui entourent les princes, rois, héros, conquérants, etc., ont soin de les empêcher de se jeter dans un trop grand hasard où il faudrait les suivre, et sont ensuite intéressés à raconter que « il y faisait chaud », que « les balles pleuvaient, sifflaient, etc., autour du héros, conquérant, roi, empereur, prince »; que « il s'exposait aux plus grands périls », et je puis en parler savamment, car j'étais à côté de lui.

Mais j'ajoutais qu'un roi sabrant habituellement n'était plus dans la vérité de son rôle; avec le sabre, il ne vaut qu'un homme et il y a toujours une certaine quantité de ses soldats qui le surpassent, tandis que, par le commandement, il triple le nombre de ses soldats. Et je terminais par ces mots : « Dites donc au roi qui a la sagesse de vous écouter beaucoup, qu'il est très-honorable pour lui d'avoir été promu caporal des zouaves, mais qu'il n'a aucun intérêt à passer sergent. »

Cela faisait trois.

Naturellement, la flatterie me réussissant si bien, je dus continuer à l'employer au bénéfice de mon amour des décorations, et je fixai définitivement mon domicile à Nice, l'endroit de la terre où il tombe le plus de croix. — On pourrait, sauf respect, donner à Nice, sous ce rapport, le surnom qu'on donne à Rouen et à deux ou trois villes où il pleut à peu près toujours. En effet, il est d'un usage constant que les souverains qui passent l'hiver à Nice distribuent en partant des décorations aux personnes qui leur ont été agréables, — P. P. C. — pour prendre congé. — C'est une rosée de décorations chaque hiver.

Ainsi, à Nice, on ne signale un homme comme décoré que lorsqu'il a cinq croix. C'est comme au Havre, pour les perroquets; comme je n'en avais que deux, on disait de moi :

« C'est un homme qui n'aime pas les perroquets. »

C'est aussi comme les femmes de Provence dont parle madame de Sévigné. « Ce n'est rien ici, dit-elle, que de ne faire qu'un enfant à la fois ; une fille n'oserait s'en plaindre, une femme mariée en fait ordinairement deux ou trois. »

Donc, je m'installai à Nice, je me mis à l'affût des souverains ; je chargeai mon encensoir, et j'attendis.

Le premier qui se présenta fut le roi Louis de Bavière : il vient à Nice presque tous les hivers. — Je suis né son sujet, n'étant légalement Français que depuis 1848. J'eus l'honneur de le voir dans mon jardin, et, là, j'eus encore une de ces rencontres d'adulation qui devraient faire la fortune d'un homme. Il me demanda le nom d'une fleur.

— Comment, sire, vous ne la connaissez pas ? Un de nos bons poëtes allemands en a parlé.

Et je lui citai à propos de cette fleur un vers

de lui-même, de Louis de Bavière (*Ludwig von Bayern*), lequel a fait en effet de fort jolis vers. Il sourit et ses aides de camp sourirent plus fort.

Et d'une.

Un autre poëte, le prince Oscar de Suède, était mon voisin ; il venait souvent me voir le matin, nous avons fait peut-être trente lieues en jasant dans mon jardin. Depuis son départ, il m'a envoyé, de Suède, deux volumes de vers composés par lui, et nous sommes restés en correspondance. Il va sans dire que je lui écris des choses charmantes.

Et de deux.

A la suite d'une aventure qui fit quelque bruit en son temps et que j'ai racontée dans *les Guêpes*, j'avais dû refuser de continuer à vendre des fraises pour l'impératrice de Russie, quoique ce fût mon état ; mais j'avais demandé et obtenu la permission de lui en offrir un panier tous les matins pendant le reste de son séjour, et l'on me fit écrire la lettre de remercîments la plus gracieuse.

Mais aussi, quelles fraises, monsieur! On ne les offre entières qu'aux rois et aux czars qui peuvent donner des croix. J'en ai encore à Saint-Raphaël; et, si vous venez m'y voir dans la saison, je vous en offrirai une tranche!

Une croix de Bavière, une croix de Suède, au moins une croix de Russie, peut-être deux (si vous aviez vu ces fraises!), cela promettait une brochette... que dis-je? une broche!

Vous me voyez chamarré, bariolé, panaché, rayé et quadrillé? Eh bien, pas du tout; la veine était changée. Il faut croire que les rois, princes, czars et autres potentats n'aiment plus la flatterie. Qui diable les en a dégoûtés? Je ne pense pas que ce soit vous, vous qui n'aimez pas les croix. Toujours est-il que je sais que la croix de Suède est noire, que je crois celle de Bavière bleue, deux couleurs qui m'auraient plu, — et les croix de Russie sont de toutes les couleurs, — c'est tout ce que j'en puis dire.

Comme de coutume, le prince de Suède, en partant, répandit sa petite giboulée de croix; — le roi de Bavière, sa pluie; — l'empereur de Russie, uue averse, une grêle, un déluge.

Eh bien, seul, je me suis trouvé sous le parapluie; je n'espère plus qu'une chose, la création d'une décoration spéciale pour ceux qui, comme moi, ont passé quatorze ans à Nice sans y abattre une seule croix et s'en vont *bredouille*; je vous en mets vous-même au défi, mon cher confrère.

Ce n'est pas tout : j'ai eu encore, en fait de décorations, un autte malheur qui m'est tout particulier : j'ai passé à peu près toute ma vie à la campagne, et j'espère bien l'y finir.

Je jardine, je pêche, je flâne, je rêve, je lis, je me rappelle, j'écris, etc., toutes choses qui se font en vareuse, et, dans cet heureux pays que j'habite depuis quatorze ans, le plus souvent en manches de chemise, je ne mets pas un paletot ou un habit six fois par an. Beaucoup de gens qui me connaissent depuis longtemps, ne m'ont jamais vu autrement qu'en manches de chemise, et, vrai, je n'ose pas mettre de décorations à ma chemise.

Un souvenir à propos des croix, souvenir qui pourrait avoir un air d'à-propos :

En 1848, à cette époque où se passèrent les faits racontés par madame Sand dans la préface de *Cadio,* et aujourd'hui expiés par votre collaborateur M. Ranc, — M. Cavaignac me montra, un matin, triste, indigné, un tas de plus d'un demi-mètre de hauteur de pétitions demandant la croix pour « actions d'éclat » dans les rues de Paris.

— Que pensez-vous de cela? me dit-il.

Je pense que, pour actions d'éclat faites contre ses concitoyens, il faut créer une décoration particulière. Un ruban noir parsemé de larmes d'argent, et sur la croix une devise imitée de celle de la couronne civique des Romains, —

avec une légère variante; — au lieu de : *Ob civem servatum* (pour avoir sauvé un citoyen), on dira : *Ob cives cœsos* (pour avoir massacré quelques concitoyens).

Du reste, on ne moraliserait les croix qu'en écrivant sur chacune la cause qui l'a fait obtenir, comme je viens de faire pour les miennes, et alors... on rirait.

Salut cordial.

ALPHONSE KARR.

Saint-Raphaël, Maison Close (Var).

V

SUR L'ACADÉMIE FRANÇAISE

L'Académie sait qu'elle n'existe qu'à la condition de renfermer dans son sein les quarante écrivains incontestablement les premiers, qu'à la condition que le plus médiocre écrivain de l'Académie sera au dessus du plus fort de ceux qui restent en dehors. — En voyant l'Académie, on ne peut s'empêcher d'admirer la fertilité intellectuelle de la France : les grands génies y foisonnent de telle sorte, que, sous Louis XIV, elle renfermait quarante membres tous plus dignes que Molière ; elle eut le regret plus tard de ne pouvoir admettre Jean-Jacques Rousseau, ayant eu, tout le temps que vécut le citoyen de Genève, toujours quarante écrivains énormément supérieurs à lui.

Ce temps-ci n'a pas dégénéré ; on a failli ne pas pouvoir admettre Victor Hugo, ni Alfred de Vigny, ni Alfred de Musset. — Au moment des vacances, il se rencontrait toujours quelque Séguier, quelque Flourens, auxquels on ne pouvait, comme écrivains, comparer ces poëtes, qui cependant ne sont pas sans mérite.

On a dû laisser mourir Balzac comme Molière ; mais qu'y pouvait faire l'Académie ? Ce n'est pas sa faute, s'il se trouvait toujours quarante écrivains supérieurs à Balzac.

On n'a pu réussir encore à trouver un siége pour Alexandre Dumas; et il y a tant de si grands génies qui s'épanouissent tous les jours, qu'il est probable que Dumas ne sera pas de l'Académie.

Ne croyez donc pas les reproches que les malveillants et les envieux adressent à l'Académie. N'a-t-on pas été jusqu'à écrire, dans un petit recueil appelé... je crois... *les Guêpes*, ces deux appréciations, du vivant de Balzac.

« L'Académie de ce temps-ci veut avoir aussi son Molière à ne pas nommer.

» Retranchez de l'Académie ceux qui y sont entrés malgré elle, et elle n'existera plus. »

V

LE DÉSHÉRITÉ

Il y a une dizaine d'années, on ne faisait que commencer à élever quelques constructions sur les terrains qui avoisinent à Paris l'emplacement de la Madeleine. Dans une de ces maisons isolées, qui présentait en saillie, sur chaque flanc, des pierres d'attente, demeurait le comte d'A...

Il était vieux et affaibli, et vivait dans un grand isolement, dont il se plaignait quelquefois assez amèrement, sans cependant en paraître réellement affligé. Le comte d'A... avait quelque chose qui remplissait sa vie, et suffisait à ce qu'il avait à dépenser de sentiments affectueux; il avait une passion, une manie, quelque chose enfin dont l'influence était on ne plus bienfaisante, puisque cela remplaçait les jouissances d'une grande fortune dont il avait perdu une partie, une faveur à laquelle il avait survécu, une jeunesse dès longtemps fanée, une santé détruite.

Cette manie, cette passion, comme vous voudrez l'appeler, était celle des tableaux. Il avait bien deux neveux, deux fils d'un frère mort sur le champ de bataille, sans laisser de fortune, et qu'il avait élevés lui-même; mais, semblables aux petits oiseaux, les deux jeunes gens s'étaient envolés aussitôt que les plumes leur étaient venues.

L'un était une nature exacte avec une intelligence commune ; il avait de l'instruction sans esprit et surtout sans imagination ; il ne sentait aucun enthousiasme pour les *richesses* de son oncle, mais il avait la complaisance de les admirer aussi souvent et aussi longtemps que leur heureux propriétaire pouvait le désirer ; il avait fait plus : à force d'entendre les formules admiratives de son oncle, il en avait retenu quelques-unes, au moyen desquelles il pouvait quelquefois émettre son opinion sur ses tableaux; opinion que M. d'A... trouvait d'autant plus sensée, que c'étaient ses propres idées et souvent ses paroles reproduites avec la fidélité d'un miroir. Ce neveu s'était jeté dans la banque.

L'autre était né capricieux, indépendant, spirituel, railleur; un goût dominant l'emportait vers la peinture. Longtemps son oncle avait toléré avec une indulgence peut-être excessive les défauts de ce caractère; mais la pensée d'avoir un grand peintre dans sa famille, de le diriger, de faire profiter son talent de toutes les observa-et de toute l'expérience d'une longue vie, était plus que suffisante pour lui faire trouver charmantes les plus étranges folies de son neveu Eugène.

Celui-ci, soutenu par un instinct secret, qui lui disait : « Tu seras peintre, » avait longtemps écouté avec patience les longues dissertations de son oncle; il avait admiré et copié toutes les beautés que M. d'A... lui faisait remarquer dans ses tableaux. Cependant, il avait obtenu de passer quelque temps hors de la maison, dans l'atelier d'un peintre célèbre; de là, il était allé en Italie, avec un peu d'argent que lui avait donné son oncle, et un peu aussi qu'il avait gagné à faire des portraits.

A son retour, il retrouva son oncle comme il l'avait laissé, passant sa vie dans sa galerie de tableaux, découvrant chaque jour quelques beautés qu'il n'avait pas vues la veille. Son frère Paul n'avait pas non plus changé d'avis sur les merveilles dont M. d'A... était si fier; mais Eugène avait vu et étudié les grands maîtres; il avait compris la peinture.

Il y a un jour dans la vie du poëte et de l'artiste, un jour solennel où une seconde vue naît en lui; la nature se révèle dans toute sa splendeur, avec tous ses magnifiques secrets; la veille, il n'était rien qu'un versificateur ou un misérable reproducteur de poncifs; ce jour-là, il est poëte, il est peintre.

Il ne lui fut plus possible de voir, sur la parole de son oncle, les beautés absentes de ses tableaux, et, quand, en opposition aux études qu'il rapportait d'Italie, M. d'A... voulut lui donner pour exemple un magnifique Rubens, Eugène dit tranquillement :

— On m'aurait lapidé à Rome si je n'avais pas fait mieux que cela.

— Oui-da ! reprit son oncle, on a dit en tout temps que la jeunesse était présomptueuse, mais je ne crois pas qu'il y ait jamais eu présomption égale à la vôtre, monsieur mon petit neveu. J'ai quelquefois vu de jeunes peintres se mettre un peu facilement au-dessus de leurs camarades et de leurs émules, mais je vous avouerai que je n'ai pas encore rencontré un petit rapin comme vous parler aussi légèrement des maîtres et de leurs chefs-d'œuvre.

En ce moment, une parole erra sur les lèvres

du jeune homme. Quelque bon ange l'arrêta ; car cette parole eût été trop amère pour le comte d'A...

— Mais, allait dire Eugène, je ne confonds pas comme vous, avec les chefs-d'œuvre des maîtres, les misérables croûtes pour lesquelles vous vous ruinez.

Un bon ange, dis-je, détourna cette parole, qui eût douloureusement frappé le vieillard.

— Allons, mon oncle, dit Eugène, pardonnez-moi, et je vous ferai un cadeau ; j'ai apporté pour vous une tête du Titien.

L'oncle pressa son neveu sur sa poitrine.

— Mon ami, dit-il, juge, par le plaisir que me cause ton présent, du respect avec lequel tu devrais parler des grands maîtres. — Et, dit-il en admirant la toile que lui offrait Eugène, compare ce que tu fais à ceci, et humilie-toi !

Après trois jours d'éloges, il n'y put plus tenir, et dit en riant à son oncle :

— Cher oncle, la tête est de moi.

L'oncle d'abord rougit de surprise et de colère ; mais, après quelques instants de réflexion, il dit :

— Quelle folie !

— Je parle sérieusement, mon oncle.

— Alors, mon neveu, taut pis ; vous êtes le plus grand impudent que j'aie jamais vu. Vous avez voulu me tromper, ou me faire prendre votre ouvrage pour un tableau du Titien, ou me faire croire que vous étiez l'auteur d'un ouvrage de ce maître... Mon beau neveu, nous n'en sommes point encore à ce point de crédulité, que nous ne reconnaissions pas l'œuvre d'un semblable peintre. Travaillez, mon ami, cela vaudra mieux que de vous parer ainsi des plumes du paon.

— Mais, mon oncle, c'est une copie que j'ai faite à Rome.

— Taisez-vous, la plaisanterie est trop longue ; vous devriez plus de respect à mes cheveux blancs et plus de reconnaissance aux soins que j'ai pris de votre enfance.

— Mais, mon oncle, voyez la toile, elle vient de chez Giroux.

— Sortez, monsieur, dit le comte d'A...; à un si grand génie mon appui n'est plus nécessaire; et, moi, j'ai besoin de repos, de calme, d'amis qui ne se moquent pas de moi.

Eugène voulut s'excuser; mais son oncle fut inflexible. Peu de temps après, il retourna en Italie.

Pour le comte, il était tellement ému, qu'il n'avait pas compris les dernières paroles de son neveu, et heureusement pour lui, car elles apportaient une preuve assez forte. Sa colère n'avait été excitée que par la réponse que se permettait de lui faire son neveu, seulement en sa qualité de réponse.

Quand le comte fut seul, il fit quelques réflexions sur l'abandon où il se trouvait; puis une idée vint lui éclairer l'esprit :

— Certes, se dit-il, j'ai mis mes deux neveux en position de ne devoir qu'à eux-mêmes leur indépendance, ma fortune est à moi.

Il envoya aussitôt chercher le brocanteur Samuel. Samuel était venu tous les jours depuis deux semaines ; il n'était ruse ni perfidie que l'habile homme n'eût mise en œuvre pour pousser l'amateur à acheter un *magnifique tableau de Rembrandt*. Mais le prix qu'il en demandait était presque une année de son revenu, et, le matin même, il l'avait renvoyé après une longue lutte contre lui-même, en lui enjoignant de ne plus revenir. Mais, d'après sa nouvelle résolution, son argent lui appartenait.

— Samuel, lui dit-il, tu me demandes dix mille francs, c'est trop ; il faut qu'il me reste de quoi vivre ; je ne puis, en m'imposant les plus dures privations, passer mon année avec moins de deux mille francs. Je ne puis donc que t'offrir huit mille francs ; si cela ne te convient pas, disparais avec ton tableau, et ne remets jamais les pieds chez moi.

— M. le comte, dit Samuel, sait que ce que je lui demande de mon tableau ne ferait pas les deux tiers de sa valeur, et que, si je n'étais pas très-pressé d'argent et le plus dévoué serviteur de M. le comte, je n'aurais qu'à attendre un peu, et j'en trouverais douze mille francs.

Ils débattirent encore longtemps, puis le comte finit par céder.

— Allons, Samuel, tu auras neuf mille francs.

Il ne tarda pas à vendre son cheval ; puis à monter d'un étage, puis de deux, puis il vendit son argenterie.

Quand je l'ai connu, quatre ans après, il demeurait au quatrième, et avait aliéné son revenu pour cinq ans. Il vivait, avec un vieux domestique, de la vente de quelques bijoux.

Un de ses amis m'avait parlé de lui, et je sollicitai l'honneur de lui être présenté.

On me conduisit chez lui le soir ; je montai quatre longs et raides étages. Je sonnai, un domestique vint m'ouvrir. Cet homme avait encore une livrée, mais les couleurs en étaient ternies et effacées ; le drap était usé et râpé. Néanmoins, on reconnaissait, à ses manières et à son langage, un domestique de bonne maison; il m'introduisit dans une antichambre démeublée, me demanda mon nom et m'annonça.

Le salon, qui servait en même temps de chambre à coucher au comte, était pauvre et triste; un lit, une table et des chaises en noyer en faisaient tout l'ameublement. Seulement, quelques monuments rappelaient par leur ruine la grandeur déchue du vieillard cassé que je saluais; il était dans un grand fauteuil de maroquin rouge; sa robe de chambre était doublée de quelque chose qui, selon toutes les probabilités, avait dû être autrefois de l'hermine. Il parcourait un livre richement relié; un tapis autrefois fort beau, mais alors usé jusqu'à la corde, couvrait en partie le carreau rouge de la chambre. Il se leva pour nous recevoir.

Je remarquai que les deux bougies qui éclairaient la chambre étaient d'inégale grandeur, ce qui démontrait jusqu'à l'évidence qu'elles n'avaient pas coutume d'être allumées toutes les deux à la fois.

Du reste, l'obséquiosité du domestique, son respect, sa prévenance poussée au delà de toutes les bornes, montraient à la fois la bonté de son cœur et la honte qu'il éprouvait de la pauvreté de son maître.

Je demandai à M. d'A... la permission de le déranger quelque matin pour visiter sa magnifique galerie, dont j'avais beaucoup entendu parler.

La figure du vieillard s'illumina comme d'un coup de soleil; ses yeux appesantis jetèrent un vif éclat.

— Monsieur, me dit-il, je vous montrerais mes tableaux avec plaisir; mais le temps est couvert depuis quelques jours, d'épaisses vapeurs couronnent la ville; et, comme un père orgueilleux, je ne veux montrer mes enfants d'adoption qu'avec tous leurs avontages. Venez me voir au premier jour un peu clair ; je ne sors jamais.

Quelques jours après, le vent du nord-est avait balayé l'atmosphère ; de fraîches teintes roses avaient coloré les nuées, que le soleil avait ensuite absorbées. J'arrivai vers midi chez le comte d'A...

Il déjeunait : tout dans cette maison montrait la plus triste des pauvretés, celle qui succède à l'opulence et en garde le souvenir, c'est-à-dire le regret. Il n'y a pas de plus déplorables haillons que des haillons de pourpre.

Le comte prenait son chocolat dans une magnifique tasse du Japon, dont l'anse était depuis longtemps brisée.

Il ne paraissait pas souffrir beaucoup de ces misères, mais son domestique en était préoccupé au dernier point ; pour me dissimuler une cuiller d'étain, il l'enleva sans que son maître s'en aperçût, et celui-ci, ne la trouvant plus sous sa main, s'en passa machinalement. Pierre était derrière son maître, la serviette sur le bras, attentif au moindre signe. Jamais dîner d'apparat ne fût servi avec tant de soins et de zèle que cette tasse de chocolat.

Le comte me demanda si j'avais déjeuné ; je serais plutôt mort de faim que de ne pas compâtir au désespoir de Pierre, qui frémissait probablement de voir reparaître les odieuses cuillers d'étain ; je répoudis affirmativement.

Pierre *desservit*. M. d'A... me parla quelques instants de choses et d'autres ; mais on voyait qu'il obéissait avec peine à ce tact que l'on attribue à l'usage du monde, et qui vient souvent du cœur, à ce tact qui l'empêchait de me mener tout de suite à sa galerie, parce qu'il aurait alors semblé ne me recevoir que pour me faire voir ses tableaux.

Nous sortîmes de l'appartement, et je suivis M. d'A... à un étage supérieur, et par un escalier si raide, que son âge semblait devoir le lui rendre dangereux; je lui offris mon bras ; mais il me remercia d'un signe gracieux et monta assez lestement, puis il ouvrit une porte de grenier. C'était en effet dans un grenier qu'il avait placé ses tableaux; plusieurs ouvertures, ménagées sur le toit et fermées par des châssis vitrés, leur donnaient un jour convenable.

Le vieillard s'arrêta un moment pour respirer et prendre haleine. Je le regardai ; une joie pure éclairait son visage; sa voix devint plus vibrante et plus accentuée, quoique dans ce temple il en retînt l'émission, ainsi qu'un instinct secret le fait faire dans une église ou dans un cimetière, où l'on n'a cependant pas peur de réveiller les morts. Il avait bien fermé la porte au dedans. Le grenier était, comme tous les greniers, formé de poutres et de tuiles.

— Monsieur, me dit-il, voici mes italiens, mirez tous ces chefs-d'œuvre des maitres italiens. Prosternons-nous devant cette admirable

Vierge du Pérugin ; quelle pureté de sentiment! quelle chaste et douce expression ! Cette toile, monsieur, est le chef-d'œuvre de ce maître, qui a formé Raphaël. Examinez avec attention, le Louvre ne possède rien de si parfait. Cette tête de Christ est de Michel-Ange, elle passe pour la plus énergique peinture de ce grand maître.

Je regardais pendant qu'il parlait ainsi, et je croyais rêver. Ce qu'il me montrait avec un semblable enthousiasme était une douzaine de copies fort médiocres des maîtres dont il croyait posséder les originaux ; mais il était si heureux !

Le bonheur d'un homme est une si bonne, si rare, si respectable chose, que pour rien au monde je n'aurais réveillé le comte en proie à ses riches illusions. J'étais prêt à faire l'éloge le plus fanatique de ses mauvaises toiles, mais il ne m'en donna pas la peine ; il n'admettait pas de discussion sur ces chefs-d'œuvre, et ne supposait pas que l'admiration pût hésiter un moment. Il n'avait pas besoin de mes éloges; il marcha vers la seconde travée.

— Voici mes Florentins, dit-il.

Quelques-uns des tableaux que le comte d'A... croyait posséder, je les avais vus bien réellement en différents lieux et en différents pays. Quelquefois, il me racontait avec quelle peine il les avait obtenus.

— Tenez, me dit-il, voici un Léonard de Vinci de la plus grande beauté. C'est tout un roman qui m'en a rendu l'heureux possesseur; une intrigue d'amour l'a tiré de la galerie de la princesse de***. J'ai vendu mes chevaux pour l'acheter, et j'ai failli me le voir enlever par un amateur inconnu qui, m'a dit Samuel, — un juif avec lequel je fais des affaires, — en avait prodigieusement envie.

Le tableau ne valait pas quinze francs.

— Voici maintenant mes Flamands. Ah! monsieur, je n'en ai pas beaucoup! dit-il tristement; mais je suis pauvre maintenant.

Il n'avait point parlé de sa pauvreté quand je l'avais vu, lui, le descendant d'une noble et riche famille, en proie aux privations de la vie ordinaire; il n'en parlait que parce qu'il ne pouvait acheter des tableaux.

Comme on l'avait volé! sa prétendue galerie lui avait coûté des sommes énormes; et il n'avait pas un seul tableau qu'un amateur un peu éclairé eût voulu admettre dans sa salle à manger.

Mais personne ne l'avait jamais détrompé. Tout le monde faisait comme moi. Il était si heureux, si riche! D'un mot, on pouvait le jeter dans la pauvreté, le désespoir, la défiance. Je le remerciai et partis.

Je fis, à quelque temps de là, une visite de remercîments à M. d'A...; puis un voyage m'empêcha de le revoir.

Un mois après, comme je revenais, son portier me dit qu'il était mort depuis trois jours.

Il était tombé dans la plus profonde misère.

Quoique depuis longtemps il n'eût plus pour ressource que le reste de quelques bijoux, il achetait encore des tableaux. Il en vint à vendre des décorations enrichies de pierreries, précieuses moins par ces pierreries que par les mains illustres qui les lui avaient données; il n'avait plus que quelques bijoux qui avaient appartenu à sa mère et qu'il ne voulait pas vendre. La mort lui épargna une triste lutte entre ce respect pieux et les plus impérieux besoins.

Comme il était sur son lit, quatre jours avant sa mort, le juif Samuel demanda à lui parler.

Pierre répondit que son maître était très-mal et ne pouvait *recevoir*.

Le juif insista. Pierre se fâcha.

Il n'y avait pas de longues enfilades d'appartements entre l'antichambre et le lit du comte; il entendit du bruit, et frappa à la cloison pour savoir ce qui se passait.

— Monsieur, dit Pierre, c'est le juif Samuel qui veut entrer presque malgré moi.

Samuel avait suivi Pierre, et cependant il n'osait entrer.

Il dit à travers la porte :

— Monsieur le comte, c'est moi qui voulais vous proposer un marché d'or.

— Hélas! dit le comte d'une voix affaiblie, hélas! mon bon Samuel, je ne fais plus de marchés, je me meurs!

— C'est un Rembrandt, dit Samuel.

— Un Rembrandt! s'écria le comte.

Mais sa voix redevint languissante.

— C'est bien beau; mais que veux-tu que j'en fasse? je serai peut-être mort demain.

— Vous avez encore vingt ans, dit Samuel toujours à travers la porte. C'est du meilleur temps de Rembrandt.

— Ce doit être bien beau! dit le comte; mais je me meurs, je me sens tout à fait faible.

— Monsieur sait, interrompit Pierre, que le médecin lui a défendu de parler; il m'a à moi-même recommandé de ne laisser parvenir personne auprès de monsieur, et j'aurais obéi sans l'obstination de ce maudit juif.

— Pierre, dit le comte, apporte-moi son tableau.

Pierre obéit. Samuel voulut entrer; mais il fut rudement repoussé.

— Tire le rideau.

Le comte ouvrit péniblement les yeux.

Est-ce bien là un... Rembrandt?...

— Comment, monsieur le comte! s'écria Samuel, en pouvez-vous douter? vous, le premier connaisseur de Paris!

— Pierre, donne-moi ma loupe.

Et, d'une main tremblante, il tenait sa loupe et regardait attentivement la peinture.

— Oui, c'est un Rembrandt; mais ce n'est pas du meilleur temps, comme tu veux me le faire accroire.

— Ah! monsieur le comte!

— Je sais ce que je dis. Cela est très-beau... mais je n'ai pas d'argent.

— Comment, monsieur le comte! je remporterai de chez vous un Rembrandt?

— Laisse-moi tranquille, Samuel; je me meurs et je n'ai pas d'argent.

— Mais je ne demande pas d'argent à M. le comte; un billet me suffira.

— Mon billet! Je te dis que je serai mort demain.

— Je vous dis, monsieur le comte, que vous vivrez plus que moi.

— Mais je n'aurai pas d'argent pour payer ton billet.

— Nous le renouvellerons; je le laisserai à mes enfants, et vos héritiers le leur payeront. Allons, monsieur le comte, un billet à treize mois : trois mille francs.

Le comte, épuisé, retomba sur son oreiller.

— Trois mille francs, c'est pour rien! dit le juif à travers la porte.

— C'est pour rien! murmura le comte.

— Tenez, je vous le laisse pour deux mille

quatre cents francs, pour qu'il ne tombe pas entre les mains d'un ignorant.

Le comte ne répondit pas, parce qu'il n'en avait pas la force.

Samuel prit ce silence pour une hésitation, et, par des diminutions progressives, arriva à lui laisser le tableau pour quinze cents francs.

— Allons, Pierre, dit le comte un peu reposé, soutiens-moi. — Samuel, apporte ton papier.

Samuel entra ; et le comte, soutenu par Pierre, écrivit en travers d'un papier timbré : « Accepté pour la somme de quinze cents francs. »

Puis il s'évanouit.

A la lecture de son testament, on trouva, entre autres choses :

« Je lègue à mon neveu Octave, qui a su l'apprécier, ma galerie de tableaux, qui m'a coûté quatre cent mille francs, et vaut près du double. Mon neveu Eugène, son frère, qui se croit beaucoup plus de talent qu'aucun maître, n'aura que les bijoux qui me restent, savoir : deux portraits enrichis de brillants et une bague ornée de trois beaux rubis que m'a donnée son père. Mon neveu Octave prendra dans sa maison mon bon et fidèle Pierre, et le nourrira jusqu'à la fin de ses jours. Un si constant ami ne doit pas mourir à l'hôpital. »

Les tableaux furent vendus treize cents francs aux enchères. C'était un tiers au delà de leur valeur ; il fallait payer deux ans de loyer au propriétaire du comte d'A... Ce qui restait ne couvrit pas tout à fait les frais de la vente.

Samuel présenta son billet ; mais, sur la menace de poursuites correctionnelles, il consentit à le rendre et à reprendre la misérable copie qu'il avait vendue pour un original à M. d'A...

Eugène n'était pas riche. Il vendit les brillants qui entouraient les portraits pour payer quelques autres dettes de son oncle, le faire enterrer honorablement et acheter un terrain pour lui élever un petit tombeau. Il ne garda que la bague de son père.

Octave refusa de se charger de Pierre, qui vécut encore quelques années, et mourut chez Eugène le déshérité.

VII

AVEC QUOI L'ON FAIT LA GRANDEUR D'UN GRAND ROI

Je viens de parcourir les *Mémoires du baron de Breteuil*, introducteur des ambassadeurs à la cour de Louis XIV.

Ces Mémoires, qui traitent surtout du cérémonial adopté pour un certain nombre de réceptions de souverains, d'ambassadeurs, etc., montrent ce qu'il y avait de factice dans la grandeur du grand roi, et combien de minuties et de puérilités y entraient pour faire nombre et contribuer à l'édifice.

Le duc de Lorraine vint en 1699 rendre hommage au roi pour le duché de Bar. On chercha à établir préalablement les questions d'étiquette ; on ne tomba pas d'accord, tant pour la première visite que pour le pas en lieux tiers.

Alors, on convint que le duc de Lorraine, quoique amenant sa femme, qui était fille du duc d'Orléans et conséquemment nièce du roi, viendrait incognito sous le nom de marquis de Pont-à-Mousson...

« Le duc de Chartres a constamment, dit le baron de Breteuil, passé aux portes devant M. le duc de Lorraine ; et pourtant, s'écrie-t-il avec indignation, la *Gazette de Bruxelles* a eu l'insolence de dire qu'il avait cédé le pas et la main à M. le duc de Lorraine ; c'est une imposture ! »

Plus loin, il suppose qu'on aura payé chèrement le *gazetier*.

Quand le duc de Lorraine entra, les huissiers n'ouvrirent qu'un battant de la porte...

Il fit une profonde révérence; le roi n'ôta pas son chapeau et ne lui fit aucune civilité jusqu'après l'hommage...

A la troisième révérence, le duc se trouva devant un carreau de velours cramoisi. — Sa Majesté dit au duc de Gesvre :

— Monsieur, prenez l'épée et le chapeau.

Et le roi remit sa canne entre les mains du duc de Beauvilliers.

On s'étonna, la première fois que le duc de Lorraine alla à la comédie, de voir un tapis sur le devant de sa loge; mais cette loge avait été préparée pour Monsieur, qui n'y vint pas.

Comme le duc de Lorraine n'avait pas droit au tapis, et que ce hasard avait produit une fâcheuse impression, il fut convenu qu'il retournerait à la comédie, dans une loge sans tapis; ce qui eut lieu.

On se préoccupa aussi de ce que Monsieur fit

donner au duc de Lorraine un siége à dos, les frères du roi ne donnant aux souverains qu'un siége; mais Monsieur eut la bonté de dire au baron de Breteuil, pour calmer ses inquiétudes à ce sujet, que c'était une nouveauté introduite par le cardinal Mazarin, pendant son enfance.

La duchesse de Lorraine tombe malade; si elle eût été bien portante, les ducs d'Anjou et de Berri ne l'auraient été voir qu'après avoir reçu sa visite; les deux princes, sachant qu'elle ne pouvait venir à Versailles, vont la voir au Palais-Royal.

Monsieur joignit les deux princes au haut du grand degré.

Madame de Lorraine les vint recevoir à la moitié de la seconde antichambre.

Monseigneur le duc d'Anjou, monseigneur le duc de Berri et Monsieur s'assirent dans trois fauteuils; madame de Lorraine, quoique encore malade, sur un tabouret. Le duc de Lorraine s'était absenté pour ôter tout soupçon que ces princes eussent pu penser à lui aller rendre visite ; ce que l'étiquette ne permettait pas.

Quand on pense que tout cela était discuté, prémédité, fixé et ensuite exécuté sérieusement et ponctuellement, puis commenté et conservé pour la postérité, on est frappé de la petitesse des matériaux avec lesquels on fait quelquefois la grandeur des rois.

Madame de Sévigné écrivait à sa fille :

« Le retour du roi est différé *par le plaisir* qu'il prend au métier de la guerre. »

Charmant roi ! absolument comme s'il avait joué aux quilles. — Jeu de quilles, en effet, où les quilles sont des hommes et où on les abat avec des boulets de canon, — puis on compte les morts.

— Mon cousin, j'ai gagné : vous ne m'avez abattu que 12,000 hommes, et je vous en ai couché par terre 17,000. Je ne parle pas des bras et des jambes cassés, sur lesquels j'aurais encore quelque avantage. Faites-moi cadeau de telle ville que j'ai ravagée avant-hier, et la paix est faite. Donnons-nous la main en bons cousins et rentrons dans nos capitales sous des arcs de triomphe... Nous te louons, Seigneur!

Te Deum, laudamus!

VIII

L'AUBERGE DE LA VIE

REPRÉSENTÉE UNE FOIS A NICE PAR DES AMIS, CHEZ DES AMIS.

PHILÉMATHÉE, servante d'auberge P[sse] Marie Dolgoroukov
ÉCASTANDRE, voyageur . . . . . . P[ce] N. Dolgoroukov.
CHRONON, conducteur . . . . P[ce] Alex. Stirbey.
UN VOYAGEUR, rôle muet. . . . . Alphonse Karr.

Philémathée, φιλημα, baiser.
Écastandre, ἕκαστος ανηρ, chaque homme.
Chronon, χρονος, le temps.
Théoctiste, θεοκτιστος, bâti par Dieu.

SCÈNE PREMIÈRE

CHRONON, PHILÉMATHÉE.

CHRONON. Bonjour, belle Philémathée! toujours le même soin pour orner le séjour de mes voyageurs.

PHILÉMATHÉE. La maison n'est pas belle, et, sans les fleurs dont je l'égaye, vos voyageurs passeraient tristement les quelques instants que vous leur accordez.

CHRONON. Avez-vous fait le lit de celui que j'amène? vous savez : une demi-heure pour dîner, une heure pour se reposer, et on part ; les chevaux sont bien vite à la voiture.

PHILÉMATHÉE. Tout est prêt. — Mais votre voyageur, que j'ai vu par la fenêtre, paraît déjà fatigué ; ne le laisserez-vous pas plus longtemps? . . . . . .

CHRONON. Jamais !

PHILÉMATHÉE. On a bien raison de vous appeler Grognon.

CHRONON. Chronon, la belle enfant, s'il vous plaît !

SCÈNE II

LES MÊMES, ÉCASTANDRE.

ÉCASTANDRE. Eh! bien, non, alors!

CHRONON. Qu'avez-vous, mon voyageur? vous paraissez bien en colère.

ÉCASTANDRE. Il y a bien de quoi! Ne prétend-on pas me placer au bas bout de la table? Je veux une place honorable, ou je préfère ne pas dîner.

CHRONON. Comme vous voudrez; alors, reposez-vous. Mais n'oubliez pas qu'il y a déjà un quart d'heure que nous sommes arrivés. Pour moi, je vais donner un peu d'avoine à mes chevaux, qui sont plus raisonnables que vous et trouveront l'avoine aussi bonne à droite qu'à gauche dans leur mangeoire.

(Chronon sort.)

SCÈNE III

ÉCASTANDRE, PHILÉMATHÉE.

ÉCASTANDRE. Ne voilà-t-il pas de beaux messieurs pour me reléguer au bas bout de la table ! Je leur ferai voir qui je suis. Les insolents!

PHILÉMATHÉE. Monsieur, si vous ne voulez pas dîner avec les autres, on pourrait vous donner à manger dans cette chambre.

ÉCASTANDRE. C'est une excellente idée, la belle enfant ! je mangerai ici.

PHILÉMATHÉE. Je vais mettre votre couvert; que voulez-vous manger ?

ÉCASTANDRE. Comment s'appelle le maître de cette auberge ?

PHILÉMATHÉE. Il s'appelle Théoctiste... Mais...

ÉCASTANDRE. Que veut dire ce nom? Il est évidemment grec... *Theos, Dieu.* — Mais *ctiste;* que signifie *ctiste ?*

PHILÉMATHÉE. Vous feriez peut-être mieux de vous occuper de votre dîner.

ÉCASTANDRE. Demandez s'il y a un lexique grec.

PHILÉMATHÉE. Je ne crois pas, monsieur; mais il y a des côtelettes de pré-salé, des haricots de Soissons, du fromage de Brie et du dessert.

ÉCASTANDRE. *Ctiste*!... qui pourra me dire le sens de *ctiste?* — Ma belle enfant, voulez-vous me rendre le service d'envoyer tout de suite un garçon chez un libraire demander un lexique, un dictionnaire grec?

PHILÉMATHÉE. J'y vais, monsieur; mais, vrai, vous feriez mieux... Enfin, comme vous voudrez. — En même temps, je commanderai votre dîner. — Avez-vous décidé ce que vous mangerez?

ÉCASTANDRE. Je voudrais manger une bécasse.

PHILÉMATHÉE. Je ne sais s'il y en aura.

ÉCASTANDRE. S'il n'y en a pas ici, il y en a ailleurs. Qu'on en fasse chercher.

PHILÉMATHÉE. Mais, monsieur, vous oubliez...

ÉCASTANDRE. Non... Mon dîner me prendra un peu plus de temps; mais je dormirai plus vite, voilà tout.

SCÈNE IV

ÉCASTANDRE, seul.

Ah! la charmante fille! quel joli dîner je ferais si elle s'asseyait à la même table que moi! J'ai envie de le lui demander. — *Ctiste ?*... Il faut absolument que je sache ce que veut dire *Théoctiste*... Et la lettre *M* qui est devant le nom sur l'enseigne, est-ce Marius, Mardochée, Marie?... Il y a des hommes qui s'appellent Marie; j'en ai connu. Je ne quitterai pas cette auberge sans savoir ce que signifie cette lettre *M*...

Et cette belle fille! quel plaisir de la voir là, en face de moi! de boire du vin de Syracuse dans le verre où elle aurait trempé ses lèvres! Décidément, je vais la prier de dîner avec moi. — Mais, voyons un peu, comment vais-je lui faire ma proposition? Si je lui faisais mon invitation en vers? C'est une idée, cela.

Voyons un peu.

Belle Philémathée...

J'ai entendu en bas qu'on l'appelle Philémathée. — Singulier nom!

Belle Philémathée, ange, déesse ou femme!

J'aimerais mieux :

Déesse, ange ou mieux femme!

Mais j'ai besoin d'une voyelle pour élider le second *e* de Philémathée... Ah bien, je le supprime au lieu de l'élider. Il y a des exemples : Circé, Daphné, Astarté.

Belle Philémathé, déesse, ange ou mieux femme!

Une rime à *femme?*

Je voudrais éviter *âme* et *flamme*; c'est trop vulgaire.

Verse avec ce nectar...

SCÈNE V

CHRONON, ÉCASTANDRE.

CHRONON. Ah çà! mon voyageur, vous savez que les moments passent vite? — Mes chevaux noirs piaffent et voudraient manger du pavé... Pensez...

ÉCASTANDRE. Ah! vous arrivez à propos; donnez-moi une rime à *femme*.

CHRONON. Il ne s'agit pas de rime, mais de raison. Regardez la pendule.

ÉCASTANDRE. Au besoin, je mettrai *flamme*. Et puis une femme ne trouve mauvais que les vers que l'on fait pour une autre qu'elle.

CHRONON. Vous êtes averti. Ceux d'en bas ont fini de dîner.

SCÈNE VI

LES MÊMES, PHILÉMATHÉE,

portant des assiettes.

PHILÉMATHÉE. Monsieur, on est allé chercher le lexique, et on va monter, non pas une bécasse, mais deux bécassines. — Grognon, faites-moi donc le plaisir de les monter, pendant que je vais mettre le couvert de monsieur.

ÉCASTANDRE. Pas de bécasse! c'est contrariant.

(Chronon sort.)

SCÈNE VII

ÉCASTANDRE, PHILÉMATHÉE.

ÉCASTANDRE. Oui, je veux boire du vin de Syracuse avec cette belle fille; je veux la couronner de roses blanches.

(Il se lève et sonne.)

Garçon, du vin de Syracuse et des roses blanches.

PHILÉMATHÉE. Mais, mon cher monsieur, y pensez-vous? Vraiment, vous m'inspirez de l'intérêt et, je crains...

ÉCASTANDRE. Je lui inspire de l'intérêt!... Charmante enfant! Oh! le délicieux dîner que je vais faire avec elle! Quelle grâce, quelle souplesse, quelle harmonie dans les mouvements, quel naturel! — Invitons-la. — Mais cette maudite rime!

(Pendant ce temps, Philémathée met le couvert, puis se place une fleur dans les cheveux.)

Belle Philémathé, déesse, ange ou mieux femme!
Avec le syracuse et le feu de tes yeux,
Achève de troubler, d'incendier mon âme...

Quelle verve! quelle facilité! Encore un vers et je fais mon invitation. Mais ce vin de Syracuse et ces roses blanches? (Il sonne.) Garçon!

PHILÉMATHÉE. Que voulez-vous, monsieur?

ÉCASTANDRE. Je vous l'ai dit, ma belle, du vin de Syracuse et des roses blanches.

(Elle sort.)

SCÈNE VIII

CHRONON, ÉCASTANDRE.

CHRONON. Voici les deux bécassines. Je vous avertis que les autres voyageurs ronflent comme les bienheureux.

ÉCASTANDRE. Eh bien, vos bécassines ne sont pas cuites !

CHRONON. Ça se mange comme ça.

ÉCASTANDRE. Ça se mange comme ça veut, si ça se mange soi-même; mais, comme c'est moi qui compte les manger...

CHRONON. Pour peu que vous causiez encore, vous ne mangerez pas du tout.

(Il sort.)

ÉCASTANDRE. *D'incendier mon âme...*

PHILÉMATHÉE, rentrant. Monsieur, il n'y a pas

de vin de Syracuse ni de roses blanches; mais on vous offre du vin de Champagne, et il y a là, dans ces vases, des roses de Bengale.

ÉCASTANDRE. Du vin de Champagne!... Et mon vers qui est fait, et qui dit syracuse!

Avec le syracuse et le feu de tes yeux...

On ne peut pas dire dans le style élevé :

Avec le champagne...

Et champagne ne peut pas entrer dans le vers. — Ah! une idée!... ah! le beau vers! la belle antithèse! — Le champagne est-il frappé?

PHILÉMATHÉE. Je ne crois pas, monsieur, et puis je ne sais pas ce que c'est.

ÉCASTANDRE. Ah! le beau vers!

La glace de ce vin et le feu de tes yeux
Achèvent de...

Il faut absolument, mon enfant, que ce vin soit frappé. — Vous avez de la glace, n'est-ce pas?

PHILÉMATHÉE. Non, monsieur.

ÉCASTANDRE. Ah çà ! c'est donc une gargotte, cette auberge? Et ces roses de Bengale ! comme des roses blanches auraient mieux fait dans ses cheveux noirs ! — Les roses de Bengale iraient mieux à une blonde. Ah ! mais... il y avait une blonde dans la voiture. — Celle-ci est pourtant bien charmante ! — Mets un second couvert, mon enfant.

PHILÉMATHÉE, A part. Oh ! mon Dieu, que veut-il faire?

ÉCASTANDRE. Puis demande le champagne, et fais une couronne avec ces roses de Bengale. (Philémathée va pour sortir ; il la rappelle.) Hé ! mademoiselle ! comment, on me sert des bécassines sans oranges?

PHILÉMATHÉE. Mais on ne nous en demande jamais.

ÉCASTANDRE. Parce que vous ne recevez dans ce mauvais bouchon que des malotrus comme ceux qui sont dans la salle à manger, et qui voulaient me placer au bas bout de la table...

Je ne mangerai pas de bécassines sans oranges.
— Allez, ma belle enfant, du vin de Champagne et des oranges, et revenez ici faire la couronne de roses de Bengale. Ah! en même temps, vous demanderez ce qu'est devenue une femme blonde qui était dans la voiture. (Il bâille.) Je suis vraiment fatigué... (Philémathée sort.) Les roses de Bengale me font décidément pencher pour la blonde. Elle était habillée avec beaucoup de goût, cette blonde; elle sera charmante avec la couronne de roses et une robe blanche; car tout se traduit par des robes dans la vie des femmes. — Tout événement, tout bonheur, tout désastre sert de prétexte à une robe. Une amie donne un bal, *robe;* elle se marie, *robe;* elle meurt, *robe; robe,* et toujours *robe!*

Et puis Philémathée n'est-ce pas une fille d'auberge? Elle est jolie, charmante; elle paraît honnête; mais enfin, ce n'est qu'une fille d'auberge. Tandis que l'autre a un certain air; c'est peut-être une baronne, une comtesse, une princesse. Qui sait? — Et pourquoi ne dînerais-je pas avec une princesse? On a vu des rois épouser des bergères, on le verrait encore si les bergères n'étaient pas devenues défiantes et ne demandaient pas des répondants... Oui, mais comment lui faire agréer...? Ah! les mêmes vers! Et puis, comme dit la chanson :

A Parthenay, il y a une fille...

A cette gentille Philémathée, il ne lui manque que d'être princesse; mais ça lui manque! Et mon vers?... — Ah! j'ai bien sommeil.

PHILÉMATHÉE, rentrant. Voici les oranges et le vin de Champagne, et aussi le gros livre que vous avez demandé; mais ne vous amusez pas à lire, vous ne pourriez pas dîner.

(Elle tresse la couronne de roses.)

ÉCASTANDRE. Ah! le lexique!... *Ctiste*... cherche.) *Ctizô*. Je fais, je construis; *Théoctiste*, fait par Dieu. (Il se couche sur le livre et s'assoupit.) Oh! c'est Dieu qui a fait cet aubergiste-là; il faut que je voie comment Dieu fait les aubergistes.

(Il s'endort.)

PHILÉMATHÉE. Voici la couronne faite. Si elle était pour moi... — Ah! mon Dieu, il dort! Je n'aurais jamais cru que cet homme-là dormirait. Il me regardait si tendrement! — C'est dommage! la couronne m'aurait bien été. (Elle la met.) Oh! mon Dieu, il ronfle! — mais c'est un scélérat!

ÉCASTANDRE, rêvant. Oui, divine princesse; oui, blonde et ravissante princesse, — j'ai le cœur d'un roi. Plus tard, *au premier trône vacant*, je vous ferai reine... Elle rit!.. En voilà une mal élevée! Décidément, j'aime mieux la brune... (Il se réveille.) Ah! je meurs de sommeil! — Vite, la fille! mon lit, que je dorme, ne fût-ce qu'une demi-heure.

PHILÉMATHÉE, jetant la couronne avec dépit. Votre lit est fait, monsieur. Dormez bien, ronflez bien, et rêvez que vous buvez du vin de Syracuse; rêvez que vous êtes amoureux; rêvez que vous avez beaucoup d'esprit; revez qu'on vous aime; rêvez que vous êtes heureux !

(Elle tire les rideaux de l'alcôve et sort.)

ÉCASTANDRE. « Dormez, rêvez ! » Elle en parle à son aise! — Voyons d'abord comment mon lit est fait... (Il regarde le lit.) Ah bien, oui, que je dorme avec la tête si basse que ça! (Il sonne vers la porte et crie.) La fille ! Garçon! un autre oreiller. — J'ai la tête trop basse! (Il examine le lit.) Et puis ce lit n'a pas été fait depuis six mois; je voudrais bien savoir ce qu'ils mettent dans leurs matelas. (Il sonne.) Garçon! la fille! un oreiller, que diable !

(Il découd un matelas et en tire des copeaux et des morceaux de fagot qu'il apporte sur le devant de la scène.)

Voilà qui est gentil ! (Il sonne, la sonnette casse et lui reste dans la main.) On ne viendra pas! c'est décidé ! — Je ne puis pourtant pas m'exposer à coucher la tête si basse. (Il met sous l'oreiller les serviettes, le pain, les fourchettes.) Encore ça, encore ça, à la bonne heure !

Ah bien, j'oubliais. Et mon bonnet de coton ! Bon ! où est ma clef? Glissée dans la doublure de mon paletot? (Il cherche.) Un rhume est bien vite attrapé! — Ah! voici la clef. (Il ouvre sa malle.) Comme mon habit neuf est froissé ! (Il le replie.) Ces domestiques ! je voudrais en avoir pour les chasser! (Il met le bonnet de coton et ôte son paletot en disant.) Ah ! que je suis fatigué et comme j'ai faim ! Quel voyage ! quelle gargotte !

(Il bâille ; puis il ouvre son lit et y met une jambe ; on frappe fortement à la porte.)

SCÈNE IX

ÉCASTANDRE, CHRONON, entrant avec trois voyageurs.

CHRONON. En voiture! les chevaux sont attelés, en voiture! Place aux autres voyageurs ! (Il tire Écastandre hors du lit.)

ÉCASTANDRE. Mais je n'ai pas reposé ! mais je n'ai pas diné ! mais...

(Philémathée et les autres voyageurs se mettent à table et se versent du vin de Champagne. Chronon entraîne Écastandre qui prend ses habits à la hâte.)

ÉCASTANDRE. Eh bien, on mange mon dîner? Vous me trompez! Ce n'est pas une gargotte, l'*auberge de la vie*, c'est une caverne! Comment! le temps s'est déjà écoulé! Mais c'est un escamotage!... Qu'est-ce donc que ce voyage? Qu'est-ce que cette auberge, dont on ne voit pas le maître? Qu'est-ce que ce terrible conducteur?

(Chronon l'entraîne au dehors, ils disparaissent.)

ÉCASTANDRE, rentrant, suivi de Chronon qui le prend au collet. Mais dites-moi au moins ce que veut dire la lettre *M* qui est sur l'enseigne.

(Chronon l'entraîne tout à fait. Un voyageur, rôle muet, se met sur le lit.)

PHILÉMATHÉE. Ils sont tous comme cela! ils n'ont qu'une heure ou deux pour aimer, boire et se reposer, et ils passent tous ce peu de temps à discuter sur l'amour, sur les vins et sur l'aubergiste, et à faire un lit sur lequel d'autres viendront dormir!

IX

RAPPORT SUR L'EXPOSITION D'HORTICULTURE DE NICE

On appelle aujourd'hui horticulture ce qu'on appelait autrefois jardinage.

Médiocrement considérée par les uns, abandonnée par les autres, la culture de la terre a essayé de se relever par des mots sonores. Il n'y a plus que des horticulteurs; j'en sais un qui se fait appeler phytopédiste.

Je crois bien que je suis aujourd'hui le seul et le dernier jardinier.

Le jardinage ou l'horticulture présente deux divisions :

L'une consiste dans l'augmentation et l'amélioration d'une partie notable de la nourriture de l'homme : c'est par là qu'elle confine à agriculture. C'est en pensant à cette première ivision que l'on voit avec chagrin les jardins isparaître pour faire place à des constructions ui doivent prendre part à la loterie annuelle es locations. On se rappelle involontairement roi Midas, qui, ayant reçu le don de changer out en or, se trouva exposé un jour à mourir e faim.

La seconde division de l'horticulture renferme s fleurs, cette « fête de la vue », comme di- aient les Grecs; les arbres, les arbustes et toute décoration des jardins.

C'est à ce double point de vue que l'horti- ulture mérite d'être encouragée.

C'est un grand bonheur de naître et de vivre ans un jardin; c'est presque une nécessité et n devoir envers soi-même d'y vieillir et d'y nourir. On ne vieillit heureux et digne qu'en se rapprochant de la nature, au sein de laquelle on va bientôt rentrer et se confondre, — au ieu de se cramponner aux salons que l'on n'orne plus, que l'on n'égaye plus et où l'on n'est plus, pour me servir d'une expression consacrée, toléré, qu'à titre de *tapisserie*, — tapisserie que les danseurs ne tardent pas à trouver trop épaisse.

Les anciens aimaient et estimaient les jardins : Xénophon nous raconte que Cyrus se vantait de travailler au sien et de l'avoir planté. Cicéron, à cette triste époque de sa vie où, comme il le disait, « il voyait bien qui il fallait fuir, mais non pas qui on pouvait suivre » ; Cicéron, qui n'aimait pas les fleurs et n'en parle presque jamais, s'écriait cependant, en pensant à son jardin :

— Ah ! ma chère oseille !

Et c'est dans un de ses jardins qu'il voulait mourir, lorsque, entraîné par ses esclaves, il rencontra les assassins qui le cherchaient.

Thraséas, le plus vertueux des Romains à une époque où la vertu était un crime, convaincu, d'ailleurs, de n'avoir pas offert de sacrifices aux dieux pour les remercier de la belle voix de Néron, fut condamné à mort; mais, comme c'était un homme considérable et estimé, on n'osa pas ne point lui accorder une faveur; on lui permit de choisir son genre de mort : il alla mourir dans son jardin.

La même faculté avait été laissée à Asiaticus, qui avait eu le malheur de posséder un jardin envié par Agrippine. Comme on allait lui ouvrir les veines, il demanda à voir le bûcher sur lequel son corps devait être brûlé; et, ayant observé le vent, il fit changer le bûcher de place pour que la flamme ne gâtat pas ses arbres.

Puis il tendit ses deux bras aux exécuteurs.

Plus près de nous, on lit dans la Correspondance du grand Frédéric et du grand Voltaire, que, de temps en temps, tous deux pensaient à demander asile au jardin et au jardinage :

« Il ne me reste plus, disait Voltaire, le 30 décembre 1773, qu'à cultiver mon jardin ; mais on ne cultive pas son jardin l'hiver, et cet hiver est furieusement long entre les Alpes et le Jura. »

« Je suis vraiment fatigué, lui écrivait Frédéric de Prusse :

Pour porter les fardeaux et les plus rudes poids,
Dieu semble avoir créé les ânes et les rois...

» Je ne regarde plus rien que mon jardin. »

Il serait trop facile de multiplier ces exemples.

Chargé de faire un rapport sur l'Exposition des produits de l'Horticulture qui a lieu en ce moment à Nice (1865), nous croyons devoir nous occuper d'une impression que ne nous ont pas cachée des amateurs distingués et célèbres qui sont venus de plus ou moins loin pour... admirer ; car il y a un certain nombre de bonnes natures qui aiment à aimer, qui aiment à admirer.

Cette impression a été une surprise pénible.

Il leur a semblé que Nice, cette patrie des fleurs, avait pris trop au sérieux cette règle de la politesse du monde, qui défend à la maîtresse de la maison d'effacer par sa parure les femmes qu'elle a invitées.

— C'est beau! disaient-ils, c'est riche! mais nous avions rêvé plus riche et plus beau encore!

Cet effet produit tient à trois causes. Voici la première : c'est l'hiver qu'ont lieu nos fêtes et c'est à la floraison de l'hiver que tendent d'habitude tous nos efforts; c'est l'hiver que fleurissent nos pelouses de violettes de Parme; c'est l'hiver que nos collines se couvrent de variétés nombreuses d'anémones, de narcisses, de tulipes, etc.; c'est dans les mois de novembre, de décembre et de janvier que nos rosiers, taillés à l'automne, nous donnent leur plus riche moisson; c'est en janvier et février que se couvre de fleurs toute la tribu des acacias; c'est en novembre que s'épanouissent les plus nombreux thyrses de lilas ; et, parmi les orangers chargés de fleurs en ce moment, quelques-uns nous ont fourni leurs parfums dans ces mois d'hiver qui s'appellent ici *la belle saison*.

Une seconde cause tient précisément à la richesse et à l'exubérance de la flore de Nice : c'est dans les jardins qu'il faut voir nos plantes. On a été surpris de ne pas rencontrer dans cette exposition de fleurs, au mois de mai, de magnifiques collections de rosiers. Ce ne sont pas les rosiers et les roses qui manquent ; mais, pour venir dans cette enceinte, il faudrait que nos rosiers pussent réaliser cette fiction de Milton qui donne aux démons que réunit Satan la faculté de se transformer en nains pour tenir tous dans la salle du conseil.

Il en est de même des plantes grimpantes, pour lesquelles nous n'avons pu appliquer un prix qui leur était destiné, parce qu'il ne s'en était pas présenté une seule au concours.

Un de mes collègues du jury, M. Hortolès, de

Montpellier, amateur très-distingué, et très-étonné dans le sens que j'ai indiqué, s'est rencontré avec moi ce matin dans un jardin qui n'a rien envoyé au concours et que je ne désignerai pas autrement; il a vu une réunion de six mille rosiers, mais des rosiers escaladant des oliviers, des rosiers couvrant des pignons entiers de maison et s'étalant sur la toiture, des rosiers dont on cueille les roses avec des échelles.

Il a vu cinq variétés de passiflores, les *tacsonia ignea* et *mollissima*, les *mandevillea suaveolens*, les *tecoma jasminoïdes* et *capensis*, les *dioclea*; sept variétés de *kennedia*; six variétés de clématites, les glycines, les *bougainvillea*, les *maurandia*, les *lophosmermum*, les *plumbago*, les *hoïa carnosa*; quinze variétés de *lonicera*, etc., etc., accompagnant, dans leur assaut contre les oliviers surmontés et les maisons vaincues, les rosiers *chromatella*, *général Lamarque*, *gloire de Dijon*, *gloire des ro-*

somanes et les trois rosiers de *banks*, etc., etc.

Il a vu les héliotropes garnir des murailles de neuf pieds jusqu'à la crête et les *pelargonium* les dépasser de beaucoup.

Il a vu en pleine terre les fraises mûres et les *ixia* et les *sparaxis* épanouis.

Il a vu en grandes dimensions vingt variétés d'acacias, dont pas une n'a été présentée au concours, quoi qu'un prix leur fût également offert. C'est ainsi que, dans ce pays de Nice, où l'on respire en ce moment moins l'air que le parfum des orangers séculaires, nous avons été obligés de ne donner qu'un deuxième prix à un lot d'orangers et de citronniers qui ne remplissait des conditions du concours que celle du nombre.

C'est dans les jardins qu'il faut voir nos fleurs, parce que nos plantes, trop vigoureuses, trop ardentes, se refusent à la culture en vases, parce que les vases les étouffent, ou bien elles font éclater les vases.

Cette piètre culture en vases a été inventée pour les pays moins heureux que le nôtre, où les plantes ne peuvent vivre dehors que pendant une partie de l'année, ou bien pour le commerce qui doit transporter les plantes, mais qui les livre jeunes et avant qu'elles aient atteint un grand développement.

Tout le monde se souvient ici de ce qui arriva il y a quelques années, au possesseur d'un très-riche jardin; par un sentiment mêlé de dévouement et de légitime orgueil, il mit en vases, pour une de nos premières expositions, d'admirables *rhododendrum arboreum*. Où sont-ils? Ils sont tous morts. . . . .

Mettre nos plantes en vases pour les apporter ici, c'est conseiller à la Vénus de Milo de mettre, pour se présenter dans le monde, un corset et une crinoline.

La troisième cause... ceci est plus difficile à dire... je ne ferai que l'indiquer... tient à de nombreuses et regrettables abstentions. Nous ne saurions trop engager la Société d'horticulture à en rechercher les raisons, de même que nous voudrions pouvoir engager les dissidents à se rapprocher... moyennant de légitimes garanties.

On nous a demandé la vérité et nous tenons notre promesse.

Nous avons trouvé une Société infiniment zélée, et la plus libérale en récompenses offertes qui existe peut-être en France; cette libéralité même, à laquelle nous n'avons pas cru devoir assigner de bornes, nous a un peu embarrassés, et, nous comparant nous-mêmes à certains maîtres d'école, nous ne nous sommes consolés qu'en pensant que les « prix de croissance » qui font rire, en parlant des enfants, peuvent être très-justement et très-sérieusement appliqués à des plantes.

Quelques lots, quoique présentant un mérite incontestable également, n'avaient pas de prix désignés, mais nous étions autorisés par la générosité de la Société à suppléer à ces oublis. C'est ainsi qu'étendant singulièrement les termes du programme, nous avions un moment donné un prix sans emploi destiné à des oiseaux rares... à un lot de lapins angora.

Le jury de l'industrie nous a heureusement enlevé les lapins et cette décision qui laissait quelques scrupules à plusieurs d'entre nous.

Nous n'avons pas cru devoir nous arrêter à quelques communications, la plupart anonymes, qui nous signalaient des fraudes et des incertitudes dans la légitime possession, comme culture, de certains produits. Nous donnerons un conseil cependant à la Société d'horticulture de Nice, avec toute la réserve possible, et en nous fondant sur son désir évident de faire très-bien ce qu'elle fait déjà bien : qui empêcherait d'exiger des exposants, deux mois à l'avance, la note et la description des plantes destinées à l'Exposition, déclaration qu'une commission serait chargée de vérifier en visitant les jardins?

Nous avons accueilli et primé dignement de magnifiques lots de fruits forcés et des fruits conservés, envoyés de Paris par M. Fontaine. Tout en remerciant et en récompensant cet industriel distingué qui a contribué à l'éclat de l'Exposition, nous avons regretté de ne pas pouvoir féliciter également les cultivateurs restés inconnus de ces beaux produits.

Nous avons vu avec plaisir et signalé, en face des asperges et des fraises forcées venues de Paris, des asperges et des fraises cueillies à Nice en plein air et en pleine terre. Si l'année eût été moins tardive, nous eussions, à cette époque, opposé de magnifiques cerises aux petites cerises forcées qui faisaient partie du lot de M. Fontaine.

J'ai encore quelques mots à ajouter à cette digression peut-être un peu longue, mais nous n'avons eu terminé notre examen qu'hier soir. Il m'a fallu ce matin collationner et corriger les épreuves de notre rapport. Je n'ai donc eu que très-peu d'heures pour écrire ces feuillets à la hâte, et, comme disait un ancien : « Je n'ai pas eu le temps d'être court. »

Ces quelques mots seront les derniers :

Quelques produits auxquels nous avons dû, à cause de leur mérite, accorder des récompenses pourraient facilement nous donner l'air d'avoir ambitieusement et indûment étendu nos frontières. Ces produits, desquels nous n'avons consenti à nous occuper que dans la crainte de les voir oubliés et sans récompense, ne nous semblaient pas, en effet, être de notre ressort. Cependant, nous avons réuni en faisceau nos quelques connaissances pour arriver à un jugement que nous espérons éclairé, mais que nous savons consciencieux.

Ainsi, à côté d'instruments qui ont un rapport plus ou moins direct au jardinage, nous avons dû examiner et apprécier, à l'étalage anglais de M. Kent, des curiosités mécaniques applicables au mobilier de la ferme.

Grâce à ces machines, l'homme n'aura bientôt plus rien à faire qu'à se croiser les bras et à regarder couler sa vie.

Pour n'en citer qu'un exemple, une très-petite machine prend une pomme, la pèle, la coupe en tranches, et en ôte les pépins; pendant ce temps, une autre machine a fait la pâte, dans laquelle, probablement, la première machine jette ses pommes préparées. Je suppose qu'une troisième machine fait frire ces beignets. Encore un progrès, une roue et une lame de plus, et la machine, portée à son entière perfection, mangerait les beignets elle-même et les digérerait.

M. Rimmel, le célèbre parfumeur, a également envoyé de Londres une fontaine distillant des parfums qu'il avait placée parmi les fleurs. Cette fontaine a reçu une médaille, quoique nous la recommandions surtout aux jardins moins favorisés que les nôtres.

J'en ai connu dans les grandes villes auxquels

cela serait fort utile. Je m'en rappelle un qui m'a appartenu :

> ... J'ai si longtemps aimé
> Un tout petit jardin sentant le renfermé !

Nous ne nous attendions pas à être chargé de la *paléontologie*...

Pardon, mesdames, le mot est grec et veut dire *sciences des anciens êtres*, c'est-à-dire études sur les restes d'espèces et d'êtres qui n'ont existé sur notre terre que pendant un certain temps et dont on retrouve des débris et des fragments... Pour des jardiniers, il est embarrassant d'avoir à s'occuper de choses qui se passent à vingt-cinq mille fers de bêche au-dessous du sol arable. Les mastodontes, les dynothériums, les chœropotames, les dynosauriens, les ptérodactyles, les rhynchosaures, etc., qui paraissent avoir précédé l'espèce humaine et nous donner la preuve de créations et de destructions successives, semblent des animaux énormes et sérieux; aussi ce qui manque surtout à la paléontologie, c'est la gaieté; eh bien, cette lacune a été comblée : nous avons eu des fossiles postiches; le brave homme qui les envoie a un peu aidé la nature avare et les siècles paresseux; quelques parties ajoutées ou recollées, quelques traits à l'encre de Chine, ont créé des espèces et des variétés jusqu'ici inconnues.

Un très-beau lot, d'autre part, est présenté par M. le docteur Baudoin, qui a passé vingt-cinq ans à ramasser des pièces qui manquent à de grands cabinets. M. Baudoin ne demandait rien, satisfait qu'il est de l'immortalité que lui assure son nom donné par les savants constitués à un des fossiles qu'il a découverts : ASTRŒA BAUDUININI !

C'est pour notre satisfaction que nous y avons ajouté une médaille d'or.

Tenez vous à ce que je vous dise que l'*astrœa Bauduinini* est un polype parenchymateux?...

Notre rapport est fini; nous sommes tout à l'impatience des lauréats.

X

M. P. GAGNE ET MADAME GAGNE, NÉE ÉLISE MOREAU, VOUS FONT PART DE LA NAISSANCE DE 25,000 VERS!

L'auteur de ce grand ouvrage, qui n'a pas moins de vingt-cinq mille vers, n'est pas un personnage nouveau; ce n'est pas la première fois qu'il se présente au public. Il est, entre autres productions, auteur d'une langue universelle qu'il a longtemps parlée seul, jusqu'à ce que l'hyménée l'ait uni par les plus doux liens à mademoiselle Élise Moreau, que je me rappelle avoir vue, il y a une vingtaine d'années, chez madame Gay, où l'amena un académicien. Elle arrivait de province et lisait des vers; depuis, elle obtint plusieurs prix de poésie à l'Académie française.

Aujourd'hui, elle procure à M. Paolin Gagne la joie ineffable de parler à deux la fameuse langue universelle, qui n'est, à rigoureusement dire, une langue que de ce moment où, quelqu'un la parlant, il se trouve une autre personne qui la comprenne.

M. Paolin Gagne, voulant associer sa femme à sa gloire immortelle, lui a permis de faire le prologue et l'épilogue du poëme en question, dont voici le titre :

L'UNITÉIDE

OU

LA FEMME-MESSIE

Poëme universel en douze chants et en soixante actes, avec chœurs.

L'auteur, qui dédie son livre « à tous les peuples du monde », prend une épigraphe où respire la franchise de l'orgueil antique :

J'élève un monument à l'immortalité !

Il croit devoir donner, dans quelques mots de préface, et les causes de la supériorité de son poëme sur tous ceux qui l'ont précédé, — et quelques explications.

« Jusqu'ici, dit-il, les grands poëtes épiques, tels que Homère, Virgile, le Tasse, l'Arioste, Camoëns, Voltaire, Klopstock, Milton, Soumet et autres, ont fait des épopées qui représentent seulement des faits merveilleux ou historiques, sans traiter des grands principes qui touchent au bien-être général. »

Je déclare que je prends très au sérieux un homme qui fait un poëme de vingt-cinq mille vers, et que je ne permettrai pas, en ce qui me concerne, que l'existence de ce colossal ouvrage reste ignorée du public.

Je ferai donc de mon petit mieux pour le mettre en lumière.

Je suis facilement ému de compassion à la vue

d'un travail sans résultat ; c'est à cette compassion qu'une femme, qui ne me connaît pas, a dû, sans aucun doute, un des plus charmants hivers de sa vie.

Je la rencontrai un soir, pour la première fois, dans le monde ; d'une extrémité du salon à l'autre, elle ressemblait, à s'y méprendre, à une femme et à une jolie femme ; de plus près, c'était un portrait et un portrait peint avec un soin infini ; j'admirai, comme je le devais, tant de travail, de talent et de patience. Je pris quelques informations : on me dit que ce qui servait de toile à cette peinture était en réalité une femme qui, depuis une vingtaine d'années, n'était plus jeune, mais se cramponnait avec un courage héroïque à sa beauté et la peignait de mémoire tous les matins.

— Elle n'a qu'un tort, me dit-on, elle chante et elle chante faux ; la voix, qui ne peut se peindre, est vieillote et chevrotante ; mais elle a le bonheur de n'entendre, même aujourd'hui, que sa voix d'autrefois qui était jeune et fraîche; elle y prend personnellement un grand plaisir, et, comme elle s'accompagne elle-même, une fois qu'elle est au piano, elle ne le quitte pas de longtemps.

On commença à danser. — Quand un homme, cherchant une danseuse, s'approchait d'elle, elle baissait modestement les yeux. Hélas! je vis engager sa voisine de gauche, et, un second danseur s'étant adressé à la même personne, et apprenant qu'elle était engagée, passa devant elle et s'adressa à sa voisine de droite; bientôt l'orchestre fit entendre la ritournelle, on vint chercher les danseuses priées, et le pauvre pastel resta comme accroché à la muraille avec les autres tableaux qui ornaient le salon.

La contredanse finie, je me trouvai au milieu d'un groupe de jeunes femmes et de jeunes hommes.

— Voici là-bas, leur dis-je, une pauvre femme qui n'a pas dansé; pourquoi?

— Parce qu'on ne l'a pas invitée, répondit une des jeunes femmes, tandis que les jeunes gens se contentaient de sourire.

— Et pourquoi ne l'a-t-on pas invitée ?

— Ah !... parce que...

— Eh bien, c'est injuste ! vous êtes ici une vingtaine de jeunes femmes et de jeunes filles qui ne méritez pas qu'on vous sache aucun gré de votre beauté ; vous n'y êtes pour rien : vous prenez une éponge, vous la passez sur votre visage, et vous voici fraiches, blanches, roses, veloutées commes des pêches ; vous relevez vos cheveux, un coup de démêloir, un coup de brosse, et vous voici admirablement coiffées d'or ou d'ébène ; ça n'est pas difficile, ça ne demande aucun travail, et je ne vous en sais, pour ma part, aucun gré. Mais voici une femme qui, pour plaire aux regards de ces ingrats jeunes gens, a passé quatre heures à sa toilette, qui a déployé toutes les ressources de la peinture, qui a vraiment un talent qui lui assignerait une place honorable parmi les artistes contemporains, si elle l'appliquait à une toile, au lieu de la consacrer à son propre visage; ce qu'elle a de beauté, c'est à elle-même qu'elle le doit, elle en a tout le mérite, et on lui en doit toute la reconnaissance. Cette femme... laborieuse a le droit de s'amuser, et j'ai décidé qu'elle s'amusera. — Qui de vous, messieurs, va l'inviter à danser?

— Pas moi!

— Pas moi!

— Invitez-la vous-même.

— Je ne danse plus.

— Pourquoi?

— Parce que je n'ai jamais dansé. C'est bien décidé, vous ne voulez pas la faire danser?

— Bien décidé.

— Alors, comme il faut qu'elle s'amuse, comme j'ai édicté qu'elle s'amuserait, elle va chanter.

Je m'approchai d'elle, je la saluai courtoisement, je lui dis que j'étais l'interprète d'une grande partie de la société pour la prier de chanter. Elle fit semblant d'hésiter, elle minauda un peu, puis se leva. Je lui présentai le poing et la conduisis au piano, et regagnai ma place. — Là, elle chanta une romance, puis une autre;... elle en commença une troisième, encouragée par mes applaudissements et par ceux obligés du maître et de la maîtresse de la maison.

— C'est affreux, ce que vous nous faites là, me dit, pendant la deuxième romance, une des jeunes femmes au milieu desquelles j'étais revenu. — Comment l'arrêter? on ne dansera plus de la soirée!

— Ce n'est pas ma faute, je vous avais avertis.

— Nous n'y pouvons rien, c'est la faute de ces messieurs; mais enfin trouvez moyen que ça finisse.

— Cela dépend de vous.

— Comment?

— Exigez que ce beau jeune homme qui

vous a priée, aille l'engager : vous trouverez bien un autre danseur..., vous.

— Non, j'en ai refusé plusieurs, étant engagée.

— Eh bien, vous regarderez le bonheur qui sera votre ouvrage.

Elle suivit mon conseil, son cavalier obéit en murmurant, mais avec la promesse du quadrille suivant.

— Hâtez-vous! lui dis-je.

— Mais, me dit ce pauvre jeune homme, c'est une valse qu'on va danser!

— Tant pis pour vous! si vous vous étiez décidé plus tôt, vous en auriez été quitte pour une contredanse.

Ce soir-là, elle dansa cinq fois.

Tout le reste de l'hiver, aussitôt que j'arrivais quelque part où elle était :

— Eh bien, demandais-je, *cette dame* a-t-elle dansé?

— Non.

— Est-elle engagée ?

— Non.

— Alors, je vais aller la prier de chanter.

— Vous ne le ferez pas.

— Je le ferai.

— Voyons, on va s'exécuter.

— Alors, arrangez-vous, relayez-vous, il faut qu'elle danse quatre fois ; il lui est alloué deux quadrilles, une valse et une skotish.

C'est ainsi que je lui procurai un hiver charmant.

J'éprouve les mêmes sentiments pour le poëme du ménage Gagne.

Croyez-vous que je sais grand gré à Lamartine et à Hugo de faire une centaine de beaux vers qui leur viennent tout seuls ? pas le moins du monde, pas plus que je ne sais gré à la rose, à la violette, au chèvrefeuille de leurs couleurs et de leur parfum.

Mais, quand je vois un homme qui n'est pas

né poëte, qui est au contraire un avocat; lorsque je vois M. Gagne faire à lui seul plus de vers que n'en ont fait Lamartine, Hugo, Musset, les deux Deschamps, Gautier, etc. ;

Quand je pense à ce qu'il a fallu de papier, d'encre, de travail et de temps pour mener à fin cette opération ;

Je me sens ému, et je dis : « Cet homme ne sera pas réduit à lire son poëme de vingt-cinq mille vers à la compagne de sa vie; il n'en sera pas de *l'Unitéide* comme de la langue universelle; » et je me tiens parole autant qu'il est en moi.

Je parlerai deux fois de *l'Unitéide* : aujourd'hui, sommairement et pour faire connaitre la manière de l'auteur; une autre fois, qui sera prochaine, je vous en entretiendrai avec plus de détails.

Aujourd'hui, j'emprunterai à madame Gagne (Élise Moreau) les portraits de *l'Unitéide*, l'héroïne de son mari, et de *la Panarchie*, fille du diable, la mortelle ennemie de *l'Unitéide*.

. . . . . L'Unitéide, ange et femme à la fois,
Femme par la beauté, le sourire et la voix,
Ange par la splendeur qui flottait autour d'elle,
. . . .
Son front large et pensif, ses cheveux d'un blond clair,
. . . .
Pour contempler les traits de cette nouvelle Ève,
Qui du malheur humain devait briser le glaive,
Les astres immortels dispersés dans les cieux,
Arrêtèrent soudain leurs pas silencieux.

Je ferai ici deux observations timides :

1° Cicéron n'est pas d'accord avec madame Gagne, sur la marche des astres et des mondes; il prétend, dans un traité *De senectute*, qu'elle est la cause d'une céleste harmonie.

2° C'est bien hardi d'avoir osé décider que la femme qui sauvera le monde sera blonde! Comment madame Gagne a-t-elle osé en assumer la responsabilité?

Madame Gagne est-elle guidée par des lumières particulières et divines, ou est-elle partiale et intéressée dans la question? en un mot, madame

Gagne est-elle brune? madame Gagne est-elle blonde?

Madame Gagne est, si je me rappelle bien mademoiselle Élisa Moreau, placée par la nature dans les conditions possibles de l'impartialité : madame Gagne n'est pas brune, madame Gagne n'est pas blonde, madame Gagne a ses cheveux de la riche couleur qu'affectionnaient Rubens, qui se connaissait en couleur, et le Titien.

Cependant, madame Gagne a les yeux bleus, et, pour la foule, qui divise les femmes en deux classes, les brunes et les blondes, elle serait blonde.

Madame Gagne ne dit pas que *la Panarchie* est brune, mais elle le laisse deviner; elle donne sur sa naissance des détails assez intimes.

Satan prend la parole :

Dieu, d'un ange de paix vient d'embellir l'éther,
D'une femme-démon enrichissant l'enfer,
Et Satan, dans ses bras pressant la Jalousie,
Fit sortir de son sein l'horrible Panarchie.

Ça n'est pas plus long que ça ; aussitôt pris, aussitôt *pondu.*

J'ajouterai aujourd'hui quelques passages de M. Gagne — et ce sera tout.

ACTE QUINZIÈME
OU
LE GOUVERNEMENT-UNITÉIDE.

La scène se passe à l'Unitéum, où la Socialoforce s'est installée pendant l'absence de l'Unitéide, qui l'a voulu pour la confondre.

Sommaire : PERSONNAGES PRINCIPAUX : Le Gouvernement-Unitéide, l'Unitéide, le Mérite-Archangel, Omégar, Peuples, Rois, etc. ; la Socialoforce, Socialoforts, Socialofortes, le Poëte-Orateur, Démonas, Assassins, etc.

ACTION. La Socialoforce, qui s'est emparée de l'Unitéum pendant l'absence de l'Unitéide, y donne un horrible banquet où l'on boit du sang et où l'on dévore des cadavres. — Des assassins déposent aux pieds de la Socialoforce les têtes de leurs femmes, de leurs époux, de leurs pères, de leurs mères et du Christ, etc. — L'Archimonde et la Presse font tourner et parler les tables, dont les Esprits ivres maudissent la Socialoforce. — Arrivent les Remords, qui brandissent des faux, et font devenir les assassins fous furieux. — Démonas, attiré par l'aimant du crime, apparaît au milieu du festin, danse avec la Socialoforce, qui porte un toast sanglant. — Le Gouvernement-Unitéide se présente avec sa suite; tous les rois tombent à ses pieds et lui demandent de les sauver. Démonas veut tout entraîner dans l'abîme. — Le Gouvernement-Unitéide lui montre la croix; Démonas fuit, mais il entraîne à l'enfer la Socialoforce qui, résiste et demande en vain sa grâce; les égorgeurs, fous de remords, suivent à l'enfer la Socialoforce, qu'ils maudissent. — Le Mérite-Archangel fait un discours pour établir que le crime conduit au malheur, et qu'il faut se soumettre à l'Unitéide. — Omégar, sage de l'Unitéide, parle de sa vision de la fin du monde. — Le Gouvernement-Unitéide fait aux peuples et aux rois qu'il sauve un discours dans lequel il dit, entre autres choses, qu'il vient fonder un gouvernement universel en faisant triompher le vote universel acclamatoire et oral, en détruisant le crime, en faisant régner l'amour le plus pur, en faisant triompher la *Révélation-Raison-Expérience*, qui réunit la religion à la philosophie et donne le critérium de tout, etc. — Les peuples et les rois, l'Archimonde et la Presse, tout crie : « Vive le Gouvernement-Unitéide! » Arrive l'Unitéide, qui dit que la pierre philosophale gouvernementale est trouvée, et qui consacre par son amour et au nom de l'Éternel ce Gouvernement-Unitéide, qui porte son nom et celui de son fils, et qui aura enfin cette perpétuité que le monde ne trouve jamais. — La Pyramide gouvernementale, chant de triomphe, etc.

Voici un fragment du banquet :

LE SOURIRE.

O grands cieux ! pleins de foudres et de *cuivres* !
O grands déserts !
O bois géants de tous les *printemps ivres !*
O grandes mers !
O voluptés dont le torrent m'inonde !
O grands *toutous !*
Faites, pour MOI, sourire tout le monde ;
Soûls, rions tous !
Oui, sourions tous ! !

LE SANGLOT.

O bâillement des *bouches d'ombre* en *giffle ! !*

O pleurs de deuil !
O muse en croix dont le *groin renifle!*
O saint orgueil !
O *noir* chaos *lumineux* que je fonde !
O *cochons* fous ! ! !
Faites, pour MOI, sangloter tout le monde;
Sanglotons tous,
Oui, sanglotons tous!

LA RELIGION DU SANGLOT.

O du Dieu roi blasphémateurs impies !
O mécréants !
O grande lune aux *énormes hosties ! !*
O grands hibous !
Faites, pour MOI, blasphémer tout le monde!
Blasphémons tous,
Oui, blasphémons tous !

LE CLAIRON DE L'ABIME.

O bœufs, requins, rhinocéros, reptiles!
O grands baudets !

O Quasimodos, crapauds, crocodiles!
O Triboulets!
O tigres, ours, bourreaux de race immonde!
O Marats-Loups!
Faites, pour MOI, trompeter tout le monde!
Trompetons tous,
Oui, trompetons tous!

SŒURDELOUP.

Je dépose à tes pieds la tête d'une sœur
Qui n'a pas osé voir griller un empereur!

MARIMONSTRE.

Je dépose à tes pieds la tête d'une épouse
Qui n'a point partagé ma colère jalouse!

FEMMEBONNE.

Je dépose à tes pieds la tête d'un époux
Qui voulait retenir le plus sanglant courroux!

PARATRE.

Je dépose à tes pieds la tête de ma fille,
Qui voulait protéger sa coupable famille!

MARATRASSE.

Je dépose à tes pieds la tête de mon fils,
Qui des *écorcherois* refusa les profits!

FILSFAROUCHE.

Je dépose à tes pieds la tête de mon père,
Qui n'a pas voulu boire un sang de reine altière!

MÈREIMPIE.

Je dépose à tes pieds la tête d'un enfant
Qui n'a pas voulu voir un monarque étouffant!

FILSANGLANT.

Je dépose à tes pieds la tête de ma mère,
Dont, même au lit de mort, j'ai bravé la prière!

NEVEUSOMBRE.

Je dépose à tes pieds la tête d'une tante
Qui n'a pas voulu boire un sang pur qui m'enchante!

COUSINAR.

Je dépose à tes pieds la tête d'un cousin
Qui me paraissait être un mauvais assassin!

FRÈRETUE.

Je dépose à tes pieds la tête de mon frère,
Qui n'a pas voulu voir rôtir une mégère!

Ainsi parle le ménage Gagne.

M. Gagne passe en revue rapidement (sept mille vers tout au plus) les premiers temps; il entre aux conseils du Créateur, et lui dit quelques vérités un peu rudes, mais utiles. Il le blâme beaucoup d'avoir défendu à Ève de manger la fameuse pomme; il en infère que Dieu connaissait médiocrement la femme qu'il venait d'inventer :

Car, si Dieu n'avait pas fait si forte défense,
La femme eût respecté l'arbre de la science;
Toujours, foulant aux pieds les ordres absolus,
La femme fuit le moins ce qu'on défend le plus.

On voit Ève punie.

Elle n'enfante plus, dans de sanglantes peines,
Que des fils gangrenés de la lèpre des haines.

Depuis ce temps :

Dieu, loin de nous, ouvrit les cieux par ses concerts;
La femme, par ses cris, nous ouvre les enfers.

Plus tard :

L'éternel déchaîna l'océan des déluges
Contre qui nul ne put rencontrer de refuges.

On sait combien cette lessive fut inutile : les hommes devinrent de plus en plus méchants; le Messie, les Apôtres ne firent que montrer une lumière que le petit nombre seul consentit à suivre.

Dieu va foudroyer l'univers, lorsque l'Unitéide, la femme-Messie, demande à essayer une nouvelle rédemption. Dieu lui permet de descendre sur terre.

L'Anarchide, qui apprend son départ, rassemble ses sujets,

Et leur dit d'une voix qui respirait l'ivresse,
Où se plongeait souvent cette reine traîtresse :

« Peuples Anarchiens. . .
Le peuple universel, par vos vœux répétés,
M'a donné les pouvoirs les plus illimités;
Je fais toutes les lois de la terre ravie,

. . . .

Je courbe l'univers sous mon sceptre absolu.

. . . .

Voyant la liberté vous broyer sous les laves,
J'ai, des plus révoltés, fait les plus vils esclaves.

. . . .

Dans ce fier siècle, hélas ! chauve de tout honneur,

. . . .

Pour le faire jouir d'un bonheur sans égal,
Il faut toujours tenir le monde en carnaval.

L'Anarchide, ayant harangué son peuple, confère avec la Presse, qui lui promet son aide et ses réclames; l'Archimonde, fils de l'Anarchide, mandé par elle, excuse son retard en disant qu'il vient de l'enfer, et il en fait une description dont voici quelques courts fragments :

(La tirade est de deux mille sept cent vers !)

En parcourant l'enfer d'un regard sans colère,
Pour voir si je pourrais, au besoin, m'y complaire,
J'ai vu les orgueilleux avaler des chardons,
Les avaricieux moucher mille chandelles...
J'ai vu les grands gourmands croquer des hannetons,
Les colériques secs avaler des fourchettes ;
J'ai vu les paresseux sauter sur des raquettes ;
J'ai vu les usuriers boire des plombs fondus,
Les vils suicidés fouettés par des pendus ;
J'ai vu les faux dévots bouillonner dans des cloches,
Les mauvais rôtisseurs embrochés à leurs broches ;
J'ai vu des rois méchants transformés en crapauds ;
J'ai vu des orateurs sifflés par des corbeaux :
Les ivrognes impurs boire une eau détestable,
Les faux historiens étranglés par la fable ;
J'ai vu les romanciers en proie aux assassins,
Les philosophes noirs en proie aux grands Cousins ;
J'ai vu le journaliste en proie à des canards,
J'ai vu l'industriel, à face rouge et bleue,
Tirer, sans l'arracher, le diable par la queue !
J'ai vu des avocats, des avoués rapaces
S'étrangler en mangeant des sacs de paperasses ;
J'ai vu de grands savants se coiffer d'éteignoirs,
Rugir tous les voleurs, tous les assassins noirs ;
J'ai vu des médecins tués par leurs malades,

J'ai vu de grands poltrons tirer des canonnades ;
J'ai vu la femme, hélas ! forcée à ne rien dire !
J'ai vu le faux poëte étranglé par sa lyre !
Enfin, pour terminer un récit sans appas,
J'ai vu que dans l'enfer je ne me plairais pas!!!...
Pour n'être point mangé par les démons haineux,
J'ai pris comme l'éclair le grand chemin des cieux,
Où je suis parvenu dans deux secondes bleues,
Quoique l'on compte au moins cent millions de lieues

. . . .

Activant le coursier de l'électricité,
J'ai parcouru d'un vol toute l'immensité,
Sans redouter le feu, la glace et leurs désastres.
. . . . Dans leur amour,
Tous les soleils te font souhaiter le bonjour.

. . . .

Cependant, l'opinion de l'Archimonde est que *les trois quarts*

Des peuples, demandant ton abdication,
Proclament ardemment mon élévation.

Mais il consent à laisser régner sa mère, si elle lui accorde la main de la Presse.

La Presse avoue qu'elle *brûle* pour le jeune prince *d'une ardeur pudibonde.*

L'Anarchide les bénit et sort en s'écriant :

Courons de ton triomphe activer les apprêts,
Au Louvre restauré, que j'ai pris pour palais.

Toute sa famille et tout son peuple la suivent.

Le théâtre change. — Paraît l'Unitéide, qui commence par épouser le Mérite-Archangel. On annonce que l'empereur des Français, qui s'intitulera désormais *Uniteur*, s'appelle Néopolan XIV; quelques personnes veulent voir dans ce nom une anagramme. Un poëte fait entendre un chant qui commence ainsi :

Dignes plénipotentiaires
Représentants des potentats.

Dieu descend sur la terre; il tient un discours de quelques centaines de vers. Plus respectueux ou moins hardi que M. Gagne, je ne le reproduirai pas, sauf deux vers :

Pour sauver l'univers perdu par l'*âpre* pomme,
Dieu, mort sur une croix, s'est incarné dans l'homme.

Le théâtre change, nous sommes dans l'enfer.

Démonas, précurseur à la lugubre éclipse,
De l'antechrist promis par l'*âpre* Apocalypse,

harangue les faux dieux.

Là se trouvent des chats, des bœufs et des punaises;
Et Lamartine . . . .

Ah! monsieur Gagne, quelle modestie! Quoi! de la haine contre Lamartine, comme s'il était votre rival? Allons donc! appréciez-vous donc à votre valeur et ne vous abaissez pas à haïr un homme qui a passé pour un grand poëte, pour un grand citoyen, mais jusqu'à votre arrivée seulement, et qui a disparu comme fait une étoile quand le soleil se lève.

Ah! monsieur Gagne, je vous eusse voulu plus généreux, plus dédaigneux pour un émule vaincu!

Démonas, après avoir harangué les faux dieux, ordonne à sa maîtresse de leur donner à boire.

La maîtresse de Démonas a un joli nom, elle s'appelle Dive Insania.

Mais elle refuse de sortir, sous ce frivole prétexte: elle a entendu dire que Démonas est amoureux de l'Unitéide; mais la déesse le repoussera,

Car elle connaîtra le démon odieux

Qui veut lui présenter ses hommages sans bornes !
Tu te caches en vain, mon cher, on voit tes cornes.

. . . .

DÉMONAS.

Malheureuse ! c'est toi qui les mis sur ma tête.

DIVE INSANIA.

Si jamais une rivale . . . .
Dans ton sang et le sien ruisselant sous ma main,
On me verra nager comme un tigre marin ;
. . . . . Il est honteux, dit-elle, que l'enfer
N'ait pas eu jusqu'ici de *solides émeutes*.

Elle adjure tous les dieux d'entrer dans une conspiration contre Démonas.

Ils lui obéissent et passent tous devant Démonas en lui lançant une menace.

Cette scène me paraît imitée de la belle scène des Masques dans la *Lucrèce Borgia* de Victor Hugo. — Au nombre de ces dieux sont Apis, l'Ognon, Voltaire, la Punaise, Jupiter, Victor Hugo, Teutatès, Lamartine, Dumas et Irminsul.

Mais Démonas les brave :

Fuyez tous, ou, d'un coup vous perçant la bedaine,
Je vous enfourche tous . . . .

Tremblez, tremblez, tremblez, Démonas hérissé
Ne peut plus retenir son trident courroucé.
Fuyez, fuyez, fuyez . . . .
Démonas en travail de vos trépas accouche.

Les dieux fuient; Démonas seul se permet un monologue :

Quel supplice, grand Dieu ! que l'amour d'une femme
Qui veut que toujours tout se soumette à ses plans.
. . . .
La femme la plus noire est la femme jalouse.

Démonas forme des projets terribles contre l'Unitéide ; mais elle paraît, et Démonas devient à l'instant amoureux d'elle.

. . . . Deviens aujourd'hui mon ineffable épouse.

L'Unitéide le repousse avec la brutalité de la vertu. Cependant, tout en n'aimant pas Démonas, elle est au fond un peu touchée de son amour.

Ah! monsieur Gagne, vous connaissez bien les femmes. — Ah! dive madame Gagne, née Élise Moreau, ce n'est pas à vos seuls pieds qu'il en a pu apprendre si long. Madame Gagne, veillez!

Démonas, furieux de se voir repoussé, lui dit :

Je plonge dans ton sein ma fourche déicide.

Mais l'Unitéide pare le coup ; et Démonas s'enfuit.

La Panarchie se rencontre avec l'Unitéide, elles échangent dix mille vers. — La Panarchie essaye de séduire l'Unitéide et lui dit :

Tu seras, après moi, la reine universelle,
Et même, pour grandir ton pouvoir général,
Je t'offre pour époux l'illustre Bélial,
Superbe et très-fort diable et qui dans mon empire
Aux diablesses en feu donne un brûlant délire ;

. . . .

L'enfer est fier des fils que je fais, sans démordre ;
Hier, j'ai fait encore un tout petit *Désordre*,
Après en avoir fait trois dans le mois dernier.

L'Unitéide refuse, la Panarchie la déclare bégueule. — L'Unitéide sort. Arrive la France. — La Panarchie lui explique sommairement en trois ou quatre mille vers tout l'intérêt qui doit la pousser à l'acclamer; la France montre son hésitation par cinq cents vers.

Alors,

LA PANARCHIE.

Quoi qu'il en soit, je veux, ô France ! désormais,
Que ta plume ou tes dents ne m'attaquent jamais,
Si tu me fais encor la plus légère niche,
Je te musellerai comme un petit caniche;
Loin d'être à l'avenir ma fille aînée en fleurs,
Tu deviendras ma bonne et mon esclave en pleurs;
T'ôtant tes libertés, ta gloire et ta famille
Je te ferai passer par le trou d'une aiguille.

LA FRANCE.

Oui, puisque ses discours deviennent superflus,
La France se taira, pour penser beaucoup plus !

Voici un joli morceau :

SCÈNE III

On voit le jardin des plantes.

LA PANTHÉOLATRIE,

PEUPLES, ROIS, ANIMAUX, PLANTES, ETC.

LA PANTHÉOLATRIE, *montant au Panthéoratoire.*

Peuples et rois, lions, tigres, hippopotames,
Chameaux, rhinocéros, éléphants pleins de flammes,
Girafes, porcs, renards, lièvres, rats et taureaux,
Chacals, panthères, ours, cerfs, loups, serpents, crapauds,

Chevaux, chiens, boucs, moutons, crocodiles, poux, ânes,
Écureuils, hérissons, singes aux feux profanes,
Aigles, corbeaux, vautours, autruches, canards, paons,
Bécasses, roitelets, colibris, ortolans,
Cèdres, chênes, palmiers, pins, roseaux, violettes,
Abricotiers, pêchers, rosiers, lis, pâquerettes,
Diamants, ors, argents, cuivres, zincs, cristaux, plombs,
Airains, fontes, fers, cuirs, marbres, cailloux, charbons,
Et vous tous, en un mot, fils des trois règnes frères...

Mais je m'arrête ici. M. Gagne m'apparaît sous un jour nouveau : je l'avais pris jusqu'à présent pour un de ces demi-fous, si communs dans le monde, qui sont heureux et qui égayent les autres, et je pensais vous réjouir et lui faire plaisir en vous parlant de lui.

Mais M. Gagne n'est pas seulement un grotesque : que M. Gagne flatte les puissants du jour, libre à lui; qu'il nous montre une suite de quatorze Néopolans, je ne compte pas faire sur cela la moindre observation; mais qu'il essaye d'insulter les plus grands noms dont la France s'honore, qu'il choisisse surtout ceux qui sont malheureux, qu'il ne respecte ni l'exil d'Hugo, ni la pauvreté de Lamartine! quoique le souffle manque à ce pauvre homme, quoique, voulant insulter, il n'arrive qu'à injurier, il n'en est pas moins vrai que je ne ris plus de ses vingt-cinq mille vers; — je repousse le volume du pied et je dis : un crapaud sans venin est néanmoins un crapaud, et je détourne les yeux, et je fais essuyer la place que le poëme de M. Gagne a occupée sur ma table pendant deux jours.

XI

LA PEINE DE MORT

A M. LOUIS JOURDAN.

Septembre 1864. — Nice.

Quoique à peine convalescent, mon cher Jourdan, je ne veux pas retarder plus longtemps la réponse que je dois faire à l'article dans lequel vous m'avez mis en cause. Dans un billet de quelques lignes, dont j'avais demandé l'insertion, je réclamais du *Siècle* par votre intermédiaire, *partage égal du champ et du soleil*.

Me voici aujourd'hui *à la barrière*, dans la situation d'Ivanhoe qui s'avance, encore affaibli de ses blessures, contre le terrible templier ; mais Rébecca est sur le bûcher ; ce que je crois la vérité est menacé, il n'y a plus moyen de reculer.

Je veux commencer, mon sensible ami, par vous rassurer sur le chagrin dans lequel vous me croyez sans doute plongé à cause de la petite phrase de deux lignes que vous attaquez si éloquemment, et qu'une revue, deux jours auparavant, attaquait avec une égale vivacité :

« Notre ami Alphonse Karr A EU LE MALHEUR de mettre à la portée des partisans de la peine de mort une phrase *spirituelle* que l'on répète souvent : « Je veux bien abolir la peine de mort, » a dit CET AIMABLE ÉCRIVAIN, « mais que les assas- » sins commencent. »

» C'est très-joli, mais c'est encore PLUS FAUX que *joli.* » (*Le Siècle.* — LOUIS JOURDAN.)

Je vous remercierai, en passant, d'avoir enfin donné une nouvelle forme au cliché un peu fatigué de *auteur des* GUÊPES, dont se servaient, depuis quinze ans, ceux qui voulaient poliment me refuser ce qui est l'objet de ma seule prétention : un bon sens que je dois à ceci, que, n'étant engagé dans aucune partie et ne pariant d'aucun côté, je ressemble à un homme qui, regardant jouer aux échecs, voit les fautes que commettent des joueurs dix fois plus habiles que lui.

Aimable écrivain et *jolie* pensée, — quand il s'agit de philosophie et de logique ! — de même que « spirituel auteur des *Guêpes* », — cliché longtemps placé dans les casses d'imprimerie entre le W et le *etc.*, — équivalent à ces mots du dictionnaire féminin : *Une femme bien faite*, pour dire qu'une femme n'est pas jolie ; *une bonne personne*, pour dire qu'elle est laide et bête.

Ayez de l'indulgence pour mes petites phrases ; vous qui êtes venu me voir à Nice, vous savez la vie que j'y mène ; vous connaissez le grand jardin que je cultive. Ce que je fais au bord de la mer bleue de Nice, je le faisais sur les plages de la mer verte d'Étretat et de Sainte-Adresse. Je suis rarement assis ; je regarde, je me souviens, je pense beaucoup, je rêve davantage, mais j'écris peu : l'action physique d'écrire me fatigue et m'ennuie. C'est quelquefois après avoir pensé cinq ou six colonnes du *Siècle* que j'émonde, que je réduis, que je résume le tout en une ou deux lignes que, sans rentrer dans la maison, j'écris au crayon sur un bout de papier ayant servi à envelopper mes graines.

C'est en une ligne que j'ai livré au public le résultat de longues réflexions sur la propriété littéraire : *La propriété littéraire est une propriété* [1].

[1] A ce sujet, il m'arrive, depuis quelques années, que

C'est cependant cette autre pauvre petite phrase qui a été adoptée ; elle sera même la base de la loi qui va être présentée et, je l'espère, votée.

la question est mûre et un peu à la mode, quelque chose d'assez singulier.

Presque tous ceux qui ont fait sur cette question les nombreuses brochures qui ont paru, ont plus ou moins adopté mes conclusions, et m'ont adressé leurs brochures, à la première page desquelles j'ai lu d'abord avec orgueil une phrase flatteuse sur « le rare bon sens qui a trouvé la formule, » etc.

Mais mon orgueil s'est fort calmé en remarquant que, dans le cours de la brochure, dans la partie imprimée, il n'est nullement question, ni du *rare bon sens*, ni de *la formule*, etc. ; — on me salue en passant devant moi et en me repoussant du coude pour prendre ma place. Quelques-uns, cependant, admettent mon nom dans une liste de « gens qui se sont occupés de la question », — bien au milieu de la liste, — en retranchant le prénom que j'ai l'habitude d'y joindre, de façon que le nom, réduit à quatre lettres, n'est guère apparent. Un plus ingénieux a même réduit le nom à trois lettres, en retranchant une *r*, *Kar*.

La dernière que j'ai ainsi reçue, de douze ou quinze brochures, est celle de M. Frédéric Passy, qui a fait à Nice un cours d'économie politique fort suivi. — On lit, écrit à la main sur le premier feuillet : « A l'auteur de l'axiome : *La propriété littéraire est une propriété*, FRÉDERIC PASSY ; » mais, dans le volume imprimé, il n'est pas plus question de « l'auteur » que s'il n'avait jamais existé.

Il y a une vingtaine d'années, il y eut de longs débats à propos du pain et des boulangers. Dieu sait ce qui s'écrivit alors !

D'une part, on voulait que le pain de quatre livres, payé pour quatre livres, pesât quatre livres ;

D'autre part, les boulangers répondaient que la cuisson rendait le poids incertain.

L'autorité hésitait. A force d'y penser, je trouvai encore une toute petite phrase, qui trancha la question et fut adoptée :

On ne vendra plus de pains de quatre livres; on vendra quatre livres de pain.

Je me suis un peu mêlé à ce qui s'est passé de mon temps, plus par la pensée que par l'action ; et presque toutes mes opinions se sont produites sous la forme de ces petites phrases, qui, parfois, ont eu raison beaucoup plus que je ne le désirais.

Permettez-moi donc, mon cher Jourdan, de ne pas regretter ces petites phrases. Je ne peux pas, je ne sais pas peut-être développer avec ampleur, comme vous et quelques autres, mes pensées dans de longues colonnes; mais, quand elles sont bonnes, elles ne sont pas perdues et il se trouve toujours quelqu'un qui les ramasse, — les laisse reposer quelque temps, — un peu oublier même, — puis, un jour, les reproduit augmentées, développées, amplifiées, paraphrasées, délayées — et confisquées.

J'ai pensé six colonnes et j'ai écrit deux lignes; on reprend mes deux lignes et on en fait six colonnes. Mauvais métier pour moi, et si mauvais, que j'ai dû me faire jardinier.

Aujourd'hui, il me paraît évident que vous n'avez pas compris les deux lignes que vous me plaignez si amèrement d'avoir écrites. Je prends le parti de les développer pour arriver à cette conclusion :

Vous pensez absolument comme moi.

Causons.

Vous trouvez que tuer un homme est horrible?

Moi aussi.

Que tuer un homme, même fût-il un grand coupable, c'est encore très-triste ?

C'est mon avis.

Que la guillotine est un objet hideux?

Je le pense comme vous.

Que l'office du bourreau et le bourreau lui-même sont sinistres et répugnants ?

Rien n'est plus juste.

Qu'il serait à désirer qu'on ne tuât plus personne, qu'on brûlât la guillotine et qu'on supprimât l'exécuteur des arrêts de la justice criminelle ?

Nul au monde ne le désire plus sincèrement et plus vivement que moi.

En un mot, qu'on supprimât la peine de mort?

Je vous défie d'y applaudir plus que moi.

Voilà pour la première moitié de la phrase que vous me trouvez si malheureux d'avoir écrite. Jusque-là, nous sommes d'accord ; disons donc ensemble :

Supprimons la peine de mort! Je le veux bien.

Nous allons développer la seconde moitié.

Quelle laide, repoussante et fétide chose que les égouts! Supprimons les égouts. Je le voudrais; mais que ferons-nous des ruisseaux?

C'est encore là une de mes petites phrases.

Quand on a fermé les cinq ou six maisons de jeu publiques, — qui ont été remplacées par cinq ou six cents tripots clandestins;

Quand on a obligé les courtisanes à s'habiller comme les honnêtes femmes, — ce qui a amené les femmes honnêtes à s'habiller comme les courtisanes;

Quand on a supprimé les *tours*, — ce qui a produit ce résultat: qu'on n'a plus, il est vrai, déposé d'enfants dans les tours, mais beaucoup dans les rivières et dans les étables à porcs;

J'ai dit alors, sans gâter beaucoup de papier:

Supprimons les égouts, — mais seulement quand nous aurons desséché les ruisseaux.

Vous avez donné vos RAISONS de supprimer la peine de mort ;

Vous avez ensuite exprimé vos MOYENS.

Nous allons examiner ces raisons et ces moyens.

PREMIER RAISON

« L'échafaud est inutile. Le jour où on a guillotiné le médecin La Pommeraie, un assassinat était commis dans Paris. L'échafaud n'effraye pas les assassins.

Qu'en savez-vous? Vous savez qu'un homme n'a pas été arrêté par la crainte de l'échafaud et par l'exemple, que peut-être il ne connaissait pas!

Mais, si un homme, dix hommes ont subi cette crainte salutaire, vous le confieront-ils ? vous diront-ils :

— Ah! mon bon monsieur Jourdan, j'étais tourmenté d'un âpre désir de tuer mon ennemi, ou d'assassiner un homme riche qu'on ne pouvait dépouiller autrement ; mais j'ai reculé devant la crainte de la mort.

Mais suivons votre idée :

La peine de mort n'empêche pas l'assassinat ; vous supprimez la peine de mort.

Que faites-vous des assassins ? Vous les mettez aux travaux forcés.

Pensez-vous que, si la crainte de la plus forte peine a été inefficace, la crainte d'une peine moindre serait plus puissante ?

D'ailleurs, l'épreuve est faite : sur dix assassins, huit échappent à la peine de mort par l'omnipotence du jury, et sont au bagne.

Donc, la peine des travaux forcés n'arrête pas les assassins.

Alors, supprimons les travaux forcés.

De même pour l'emprisonnement.

Et nous irons toujours, en abaissant la pénalité, jusqu'à ce que nous ayons trouvé une peine homœopathique, une peine à la 300ᵉ *dilu-*

tion, qui fasse ce que ni l'échafaud ni la prison n'ont pu faire.

Alors, la société avoue qu'elle renonce à protéger ses membres contre l'assassinat; elle rend à chaque individu la délégation qu'elle en a reçue; chacun rentre en possession de sa défense personnelle; de là nécessairement la *vendetta*, la loi de *Lynch*, les révolvers et le tomahawk.

Savez-vous le plus grand tort de votre argument? C'est qu'il serait excellent pour ceux qui voudraient rétablir les supplices et la torture, si heureusement et si justement supprimés.

« La peine de mort est impuissante, diraiton logiquement; il ne faut donc pas diminuer, mais augmenter la pénalité. Ajoutons quelque chose à la peine de mort. »

Heureusement que votre argument ne vaut rien, absolument rien, parce qu'il se base sur une hypothèse réfutée d'un mot.

Quand vous dites : « La peine de mort n'arrête pas les assassins, » je vous réponds : *Vous n'en savez rien.*

Certes, la peine de mort n'arrête pas tous les assassins, de même que la médecine ne guérit pas toutes les maladies, et que les pompiers n'éteignent pas tous les incendies.

Mais je vais vous prouver qu'elle en arrête le plus grand nombre, après que je vous aurai, entre parenthèses, posé cette question :

(L'emprisonnement n'arrête pas tous les voleurs, — fermerons-nous les prisons ? — licencierons-nous les gendarmes ? C'est aussi bien laid et bien sinistre, les prisons !)

Dans le crime, comme dans tous les actes humains, l'homme fait, souvent à son insu, un calcul de peines et de plaisirs, on ne veut rien payer trop cher ; tel jouera un an de sa liberté contre la chance de s'approprier cent francs, qui reculera s'il ne peut prendre que dix sous en encourant la même peine, ou s'il faut jouer deux ans de liberté contre les cent francs.

Il y a des voleurs qui ne volent jamais la nuit, quoiqu'ils aient plus de chances d'être surpris en volant le jour, mais parce qu'ils ne veulent risquer qu'une certaine peine.

Il y en a qui reculent devant l'effraction.

Les voleurs assassins forment une classe à part, une exception.

Pourquoi tous les voleurs n'assassinent-ils pas? Pensez-vous que ce soit par bonté?

Combien d'assassins avez-vous vus, devant la justice, ne pas lutter de toute leur puissance contre la peine de mort? Voyez-les, au contraire, faire plaider toutes les circonstances qui peuvent ne les faire condamner qu'aux travaux forcés; puis, condamnés à mort, combien en avez-vous vu repousser les chances de l'appel, et ensuite celles du recours en grâce, quelque invraisemblable et absurde que l'atrocité de leur crime rende le succès de ce recours? Voyez La Pommeraie.

Depuis quelques années, un crime nouveau

s'est manifesté plusieurs fois. Deux amants sont séparés par la volonté de leurs parents ou par la misère; l'homme surexcite la sensibilité de la femme :

— Mourons ensemble !

On fait un dernier repas, on écrit des adieux aux parents inexorables, et à la vie plus inexorable encore.

L'homme tue la femme d'une main ferme, puis recule quand il s'agit d'enfoncer dans sa propre peau le poignard qu'il a retiré du cœur de la malheureuse qui s'est donnée à lui.

Celui-là, certes, a peur de la mort. Généralement, le jury s'attendrit en sa faveur, admet des circonstances atténuantes, et l'envoie en prison.

Cependant, il est évident que, pour ces natures lâches, la crainte de l'échafaud serait salutaire, si les fréquents exemples d'indulgence ne la leur enlevaient.

Je viens d'assister au jugement d'une bête

féroce dont nous aurons à parler ultérieurement, parce que je ne me suis condamné à ce spectacle que pour étudier encore cette question, que j'avais à traiter.

Il avait tué de huit coups de poignard un jeune homme inoffensif, presque un enfant, pour les causes les plus futiles.

Jamais il n'a témoigné le moindre regret de son action.

Je l'ai vu manier les vêtements ensanglantés de sa victime pour discuter froidement le nombre et la force des coups.

Il a fait plaider qu'il est fou, que sa mère est morte folle, ce qui n'est pas vrai.

Pourquoi tout cela? Pour sauver sa tête et n'être condamné qu'aux travaux forcés.

Il a obtenu ce qu'il désirait, et alors cet homme, aussi vaniteux que féroce, qui avait dit plusieurs fois pendant l'instruction : « Un homme comme moi ne va pas au bagne, j'aime mieux la mort; » cet homme, membre d'une famille honorable, dit-on; ayant vécu dans la société; fonctionnaire public très-protégé; cet homme a accepté avec joie les travaux forcés; il n'a pas osé appeler du jugement qui l'y condamnait; il n'a pas voulu jouer une seconde fois sa tête contre son honneur.

Donc, par cet exemple et par deux cents autres, il est évident que la peine de mort est, quoi qu'en disent certains sophistes, ce que les criminels redoutent le plus; conséquemment, que la crainte de la peine de mort est la plus propre à les arrêter dans le crime.

Mais j'irai plus loin : elle les arrêterait plus efficacement, elle en arrêterait un plus grand nombre, si elle était plus certaine; et plutôt que de dire : « La peine de mort est inefficace, » il serait plus logique de dire : « Ce qui rend la peine de mort moins efficace, c'est l'exemple fréquent d'assassins qui obtiennent de la pitié du jury, ou de son parti pris de ne pas condamner à mort, l'admission de circonstances atténuantes... dans des cas où la raison est impuissante à les trouver. » En effet, en calculant les chances de leur crime, les assassins, au lieu de dire : « Contre la chance de prendre telle somme d'argent ou d'exercer telle vengeance, je joue ma tête, » disent : « Je joue trois chances contre dix de perdre la tête. »

Car n'est pas guillotiné qui veut : En 1840, j'ai constaté dans *les Guêpes*, sur des rapports de statistique officielle, qu'il y avait quatorze parricides dans les bagnes de France, — c'est-à-dire que quatorze hommes en France avaient pu tuer leur père ou leur mère, sans encourir pour cela la peine de mort.

J'ai vu au bagne de Brest le prêtre Lacollonge, qui avait coupé une femme en morceaux; — grâce aux circonstances atténuantes, on peut tuer son père, sa mère, son mari, sa femme, sa maîtresse, ses enfants...

Et vous ne trouvez pas que la peine de mort est assez abolie comme cela !

Ce n'est donc pas la peine de mort qui serait inefficace, mais la peine de mort rendue douteuse et aléatoire par la pitié préméditée du jury pour les assassins.

Et où prennent-ils cette pitié? Sur le fonds de celle qu'ils devraient avoir pour les victimes.

DEUXIÈME RAISON

Voici encore un autre argument que je coupe avec des ciseaux tout imprimé dans un journal. Vous en êtes-vous servi vous-même, mon cher Jourdan? Je l'ignore; mais il est fort répété :

La société a-t-elle le droit d'ôter la vie à un homme, parce que cet homme s'est arrogé le droit, lui, de la retirer à un de ses semblables? La société ne fait-elle pas alors ce qu'elle reproche au criminel d'avoir fait?

Il y a, ce me semble, une certaine nuance dont les auteurs de l'argument ne tiennent pas assez de compte : La société tue un homme parce qu'il en a tué un, et aussi pour l'empêcher d'en tuer d'autres, et aussi pour faire savoir à ceux qui seraient tentés de l'imiter qu'ils jouent leur tête, et aussi pour rassurer la société justement alarmée.

L'assassin a tué un homme, parce qu'il avait une montre.

Ce n'est cependant pas tout à fait la même chose, et il n'est pas exact de dire : « La société fait ce qu'elle reproche au criminel d'avoir fait. »

La société n'a pas le droit de tuer, dit-on, et on s'arrête, et on promène autour de soi un regard triomphant, comme si l'on venait de dire quelque chose.

L'homme attaqué par un assassin a-t-il le droit de se défendre, et de tuer celui qui attente à sa vie, ou doit-il tendre la gorge au couteau ?

C'est ce droit de se défendre que l'individu transmet à la société, et il le transmet diminué de tout ce que la passion, la colère, l'intérêt personnel, pourraient y ajouter d'arbitraire.

Remontons à la formation de toute société.

Supposez vingt personnes, après un naufrage, abordant dans une île déserte et se résignant à y rester.

Avant peu, les plus forts, les plus audacieux, les plus méchants, s'empareraient, au détriment des autres, de toutes les épaves que le navire brisé a pu jeter à la côte, et du produit de la chasse des autres, et deviendraient les maîtres les tyrans.

Il se ferait alors une association des plus faibles, mais des plus nombreux, pour la défense commune, et ce serait une guerre continuelle et une existence misérable.

Que fait-on?

Avant qu'on ait éprouvé quels sont les plus forts, avant que la faiblesse et l'impunité aient encouragé les plus méchants, tout le monde a peur de l'injustice et de l'oppression.

On convient que, si l'un des membres de cette société veut s'emparer de la part d'un autre, le frapper ou le tuer, tous les autres se réuniront contre lui, et alors, avec le calme et le sang-froid que donne la sécurité de la force, infligeront des peines proportionnées à la fois au délit commis contre l'individu et au danger qui menace la société.

Parmi ces vingt qui font cette loi, il y en a un ou deux, sans doute, qui, plus tard, essayeront de dépouiller un de leurs compagnons, et le tueront s'il résiste.

Mais, au moment de la convention, n'étant entraînés, ni par la paresse, ni par le besoin, ni par la férocité naturelle, ni par la colère, ni par l'impunité, ils ne songent qu'à se garantir eux-mêmes de l'oppression des autres, — tous pensent faire un pacte avantageux.

Eh bien, qu'une société se compose de vingt hommes ou de quarante millions d'hommes, — c'est pour être protégé contre l'assassinat que chacun consent à être tué s'il assassine lui-même.

L'assassin qui est tué par la loi a volontairement mis sa tête au jeu, il a calculé toutes les chances, et il lui a plu de les affronter. Mais, en même temps qu'il a mis volontairement sa vie au jeu, il a également, par sa même volonté, mis au jeu la vie d'un autre qui n'y a pas consenti, qui n'est pas averti de la partie engagée, qui s'est volontairement désarmé par respect pour le pacte social, qui n'a rien à gagner et ne peut que perdre.

Je ne répondrai rien de plus à ceux qui veulent voir une similitude entre l'action de l'assassin et l'action de la société qui tue l'assassin.

Il y a plusieurs raisons de la délégation que l'individu fait à la société du droit de se défendre lui-même. — La première, que j'ai indiquée, est d'ôter à ce droit les dangers de l'arbitraire ; l'individu, sous l'empire de la peur ou de la colère, peut se croire en danger plus qu'il ne l'est et plus tôt qu'il ne l'est, et mettre dans sa défense un entrainement de vengeance.

La société ne considère la vengeance de l'individu tué que comme une des moindres raisons de tuer à son tour; elle protége ceux que l'assassin impuni pourrait rendre à leur tour victimes de sa férocité ou de son avidité; elle épouvante ceux qui voudraient suivre son exemple, par la sûreté et l'inévitabilité de la peine; car l'individu, réduit à sa propre défense, laisse à l'assassin de nombreuses chances d'échapper, si celui-ci est plus fort que sa victime, s'il court mieux qu'elle, dans le cas où, ayant manqué son coup, il a à craindre les représailles.

Mais il ne peut espérer être plus fort que la société. Il ne courra pas mieux que la société.

Les chances d'être victime lui-même de son crime sont donc augmentées, pour le criminel, par la délégation faite à la société par l'individu de son droit de défense et de représailles, et ces chances augmentées, entrant nécessairement dans son calcul, sont plus puissantes à le détourner du crime.

En même temps sont augmentées la puissance de l'exemple pour ceux qui sont sur le chemin du crime, la sécurité pour ceux qui peuvent craindre d'en être les victimes, et néanmoins de plus grandes garanties sont données, même à l'assassin, qu'il sera jugé sans haine, sans colère et de sang-froid.

TROISIÈME RAISON

On a aboli les tortures, le bûcher, la roue, les supplices de tout genre. On a supprimé successivement la peine de mort pour sacrilége, pour blasphème, pour chasse sur les terres du seigneur, pour fausse monnaie, pour vol de grand chemin, pour vol domestique, etc., et on a bien fait, parce que la peine de mort n'était pas indispensable pour l'exemple.

On l'a supprimée pour cause politique, et on a bien fait, parce que, en politique, ce sont les vaincus qui sont jugés par des ennemis vainqueurs; c'est une continuation du combat, avec cette nuance que le combat a lieu entre des ennemis armés et des ennemis désarmés.

On a aboli la peine de mort pour l'assassinat quand la préméditation n'est pas établie.

On l'a abolie toutes les fois que, soit dans les détails du crime, soit dans le repentir, soit dans les entraînements de l'accusé, les jurés trouvent des circonstances atténuantes. On l'a abolie même quand ils ne trouvent de raison de faire grâce que dans leur pitié ou dans leur pusillanimité.

On l'a tellement abolie, qu'il n'y a pas un crime, tel hideux soit-il, pour lequel la peine capitale soit assurée [1].

[1] « Il y a quelques jours, Jean-Baptiste Perrin et sa sœur comparaissaient devant la cour d'assises des Ardennes.

» Perrin a fait succomber, après de longues luttes, ses deux sœurs à des projets incestueux. — La première s'est réfugiée dans un couvent, — la seconde est devenue grosse.

» Un enfant naît; — Perrin le coupe en morceaux et le fait bouillir dans une marmite. — Le lendemain, il force

Et vous dites : « C'est pour cela qu'il faut la supprimer. »

Vraiment vos arguments sont singulièrement choisis! J'ai, je crois, démontré que le premier

sa sœur à le désosser et à en faire une pâtée pour les pourceaux.

» Léonie Perrin a été déclarée non coupable, Perrin coupable avec *circonstances atténuantes.* »

(*La Presse,* 1er août 1864.)

Les morceaux étaient si petits!

« Trois accusés comparaissent devant la cour de Colmar. Le crime dont ils avaient à répondre était le parricide; ce parricide, longuement prémédité, avait été accompli avec une barbarie révoltante. Le fils, assisté d'un complice, avait noyé sa mère dans du purin d'étable. — La bru était également accusée, et elle a été convaincue de complicité. Les faits étaient acquis, et la cause, considérée en elle-même, loin de comporter des circonstances atténuantes, n'en comportait que d'aggravantes. Le jury a rapporté une déclaration de *circonstances atténuantes* au bénéfice des trois accusés. Le fils parricide et sa femme ont été, en conséquence, condamnés aux travaux forcés à perpétuité, et leur complice à vingt années de la même peine. »

(*Le Temps,* mai 1864.)

Et e journal dit :

« La peine de mort vient de subir, devant une de nos cours d'assises, un échec des plus graves. »

Qu'il me permette d'ajouter :

« Et le parricide de recevoir un puissant encouragement. »

mènerait logiquement à rétablir les supplices, et en voici un qui peut encore s'invoquer victorieusement contre vous. C'est précisément parce qu'on a réduit la peine de mort aux nécessités de l'exemple seul, c'est-à-dire qu'on en a retranché tout ce qui pouvait l'aggraver par les souffrances; c'est parce qu'on en a borné l'application à un très-petit nombre de cas et pour des crimes horribles, pour aucun desquels cependant elle n'est certaine; c'est précisément pour cela qu'il n'y pas lieu d'en demander la suppression.

Désirer cette suppression, c'est une autre affaire! Je le répète, je ne permets à personne de dire qu'il la désire plus que moi.

Autrefois, les prisons étaient de hideux cloaques, fétides, empoisonnés; on y mourait de faim.

On les a assainies; on a assuré la nourriture des prisonniers; on n'a laissé à la prison, ce qui est certainement bien assez, que l'horreur même de la prison.

En raisonnant sur les prisons comme vous raisonnez sur l'échafaud, ce serait une raison de détruire les prisons.

QUATRIÈME RAISON

Reste une objection, une objection puissante, celle-là, contre la peine de mort : « Une erreur de la justice est irréparable, » et vous citez Calas et Lesurques.

Eh bien, je maintiens qu'aujourd'hui, avec le bienfait, le progrès du jury, Calas et Lesurques n'auraient aucune chance d'être condamnés à mort et beaucoup de chances d'être complétement acquittés [1].

[1] J'ai entendu donner comme preuve de l'inefficacité de la peine de mort les trente mille spectateurs — dont la moitié femmes et enfants — qu'assemblent ces sanglantes tragédies qu'on appelle exécutions.

Ce serait de l'absence de spectateurs qu'il faudrait déduire l'inefficacité du spectacle, et les journaux le savent bien, puisque, tout en blâmant cette affluence, ils ont grand soin de faire chaque fois le feuilleton de la représentation de la veille.

D'ailleurs, que ne demandez-vous, comme progrès, des

Voilà, je crois, toutes vos raisons; voyons vos moyens...

LES MOYENS

Un seul, — l'éducation.

« L'instruction gratuite et obligatoire, non pas seulement l'instruction qui apprend à lire,

modifications dans le mode d'exécution des condamnés? Les moyens mécaniques employés aujourd'hui sont déjà moins barbares et moins répugnants que le bras plus ou moins incertain d'un homme en usage autrefois.

Trouvez quelque chose qui remplace et supprime le bourreau.

Bentham conseille de le rendre invisible au moyen d'un masque et d'un long crêpe.

Ne suffirait-il pas que le peuple vît le condamné entrer dans une sorte de chapelle, où des témoins désignés par la loi assisteraient seuls à l'exécution, qu'un coup de canon et un glas funèbre annonceraient au dehors?

L'effusion du sang est-elle nécessaire? Craint-on, contre toute vraisemblance, que les souffrances des guillotinés ne se prolongent, ainsi que l'ont prétendu quelques anatomistes, entre autres le père d'Eugène Sue?

Ne pourrait-on pas donner le choix aux condamnés entre le couperet et quelques gouttes d'acide hydrocyanique qui l'endormiraient subitement dans la mort? Car la société ne se venge pas; elle se résigne à s'amputer un membre gangrené, et elle s'y résigne avec tristesse et pour sauver le corps.

à écrire et à compter, mais l'instruction qui élève et moralise les âmes en leur apprenant à aimer Dieu et le prochain, le droit et la liberté, en leur apprenant surtout à placer les joies et les satisfactions de la conscience au-dessus des biens matériels. »

Permettez-moi de vous dire d'abord, mon cher Jourdan, que vous confondez l'instruction et l'éducation. L'instruction ne doit être, ne peut être gratuite et obligatoire qu'en la renfermant dans la lecture, l'écriture, l'arithmétique et un peu de dessin linéaire. Vous pouvez exiger d'un père qu'il fasse donner à ses enfants cette instruction, sans laquelle on est relativement infirme, sans laquelle on appartient à une classe, je dirai plus, à une espèce inférieure, — comme vous exigez qu'il les nourrisse.

Le reste, « l'éducation », sera toujours facultatif; cependant, multipliez l'eau de ces fontaines de science et de morale, prenez l'eau de ces fontaines aux sources les plus pures;

amenez la vie matérielle à être facile assez pour que quelques loisirs permettent aux classes pauvres de se désaltérer à ces fontaines publiques.

Hâtez-vous ! allez à l'ignorance comme on va à un incendie; vous aurez rendu de grands services à la société; vous aurez détourné un grand nombre de crimes.

Mais, si vous pensez que ce sera suffisant, si vous pensez que les crimes qui, aujourd'hui, mènent quelques fois à l'échafaud, seront supprimés, que vous fait alors l'échafaud ? Et vous voilà fatalement arrivé à prononcer, comme moi et avec moi, la seconde moitié de ma pauvre petite phrase.

Car ce sera long, ce que vous avez la bonne intention de faire, attendu que ce n'est pas commencé, et qu'en ce moment la société marche précisément en sens contraire; vous ne prétendez certainement pas laisser jusque-là, c'est-à-dire pendant plusieurs générations, la carrière libre à l'assassinat.

Donc, vous voulez d'abord supprimer par l'éducation les crimes qui mènent quelques-uns à l'échafaud, pour pouvoir supprimer l'échafaud, qui alors n'aurait pas besoin d'être supprimé.

Nous sommes d'accord; il n'y aura plus d'assassins; donc, plus d'échafaud! donc, disons ensemble, car c'est notre avis commun :

« Supprimons la peine de mort, mais que les assassins commencent. »

Ce n'est pas si faux que vous le disiez, et la preuve, c'est que vous le pensez comme moi.

Mais ce n'est pas tout, hélas! Tous les crimes hideux, horribles, dont quelques-uns seulement de temps à autre mènent à l'échafaud, ne peuvent être attribués à l'ignorance.

Je vais vous citer à ce sujet, pêle-mêle, au hasard de ma mémoire, quelques-uns des assassinats qui de notre temps ont effrayé la société.

Le docteur Castaing, — Lacenaire, — les Bocarmé, — madame Lafarge, — les dames de Chamblas, — le frère Léotade, — le duc de

Praslin, — Fieschi, — Morey, — Pépin, — le prêtre Molitor, — le curé Lacollonge, — le parricide Benoît, — le notaire Peytel, — Hélène Jegado, qui a empoisonné quarante-deux personnes en dix ans ; — Doineau, — Mercey, — le prêtre Verger, — madame Lemoigne, — et enfin, ces jours-ci, P***, fonctionnaire public, — et le docteur La Pommeraie.

Tous ceux-là n'ont pas commis leurs crimes par défaut d'instruction ou d'éducation.

J'irai plus loin : j'ai demandé comme vous, et il y a longtemps, que l'instruction fût donnée aux enfants par leurs parents aussi obligatoirement que le pain.

J'ai demandé comme vous qu'elle fût gratuite, c'est-à-dire plus facile que le pain.

Mais je l'ai demandé et je le demande plus encore au point de vue de l'égalité qu'avec l'espoir de la moralisation, du moins pour le plus grand nombre, tout en reconnaissant que l'égalité, supprimant beaucoup des causes de la misère, de l'envie et de la haine, doit supprimer aussi beaucoup de causes de crimes.

P*** était fonctionnaire public dans son pays, en Corse, lorsqu'il fut pour la première fois traduit devant la cour d'assises. Il était accusé de tentative de meurtre avec préméditation sur la personne du mari de sa sœur.

Il expliqua aux jurés que, sortant par hasard de sa maison, à quatre heures du matin, au mois de décembre, au moment où, par hasard, son beau-frère quittait la maison commune, ce que lui, P***, avait tout fait pour empêcher, il aurait pris par hasard un fusil comme il aurait pris une canne ou un parapluie; par un hasard malheureux, ce fusil se trouva être chargé, et un autre hasard également fâcheux fit partir ce fusil. A ce moment, par hasard, le beau-frère de P*** passait à quelques pas, et le coup, par hasard, l'atteignit en pleine poitrine. Le blessé est resté paralysé d'un côté. Le jury plaignit P*** de cette succession, de cette réunion de hasards qui auraient pu le compromettre, d'autant plus que des témoins avaient entendu P*** dire ce mot :

« Attrape ! »

Les jurés l'acquittèrent.

Qu'eussent-ils pensé alors si quelqu'un s'était levé et leur avait dit :

— Vous venez d'acquitter P*** ! Eh bien, à Nice, dans une honnête famille, il est en ce moment un jeune homme appelé Ardouin, doux, laborieux, honnête, l'amour et l'espérance de son vieux père et de ses jeunes sœurs. En acquittant P***, *par le même verdict* VOUS CONDAMNEZ ARDOUIN A MORT. *Par le même verdict*, vous condamnez son vieux père à devenir fou de douleur.

En effet, P***, acquitté, dut cependant quitter ses fonctions, après avoir passé quelques mois en prison pour avoir frappé à coups de bâton un vieillard sans armes. Mais il ne tarda pas à accepter au Villars, à quelque distance de Nice, une place plus avantageuse que celle qu'il avait perdue.

Arrivé au Villars, le site lui déplut. Il alla voir le receveur particulier des finances, et le menaça de donner sa démission. Le receveur obtint, à force d'instances, que cette démission ne serait que conditionnelle, et promit de ne rien négliger pour lui faire offrir une situation plus selon ses goûts, ce qui eut lieu peu de temps après.

En attendant, et tout en exprimant des doutes timides sur sa capacité, on lui donna un adjoint : c'était un jeune homme généralement aimé et estimé, esclave du devoir et d'une excessive douceur de caractère. P*** ne voulait lui donner que cinquante francs par mois ; on le contraignit à en donner cent cinquante.

A ce premier grief, il s'en joignit un second. Un jour, le receveur particulier écrivit à P*** pour lui faire l'éloge de son adjoint, auquel il l'engageait à donner plus de latitude.

Ce même jour, le jeune homme fut trouvé percé de huit coups de poignard : deux blessures avaient traversé le cœur ; le poignard, au dernier coup, s'était brisé dans les vertèbres.

P*** donna alors une seconde édition de la plaidoierie qui lui avait si bien réussi. Il alla se dénoncer lui-même, comme il avait fait à Ajaccio; puis raconta que, demandant une clef à Ardouin, celui-ci avait répondu qu'il la lui donnerait un peu plus tard. Alors, naturellement sans le faire exprès, P*** avait saisi un poignard, et Ardouin, furieux, avait eu la méchanceté de donner huit coups de son corps contre ce poignard, pour compromettre P***.

Cette fois encore, le procédé réussit, mais cependant n'obtint qu'un demi-succès. Le jury niçois déclara P*** coupable d'assassinat, de meurtre avec préméditation sur la personne d'Ardouin, mais il admit en sa faveur des circonstances atténuantes.

Ces circonstances n'étaient pas dans le repentir de l'assassin, qui n'exprima pas un seul regret; ni dans l'instruction, ni dans le cour des débats.

Elles n'étaient pas dans ses antécédents, qui n'offrent que des actes nombreux de violence et de férocité.

On ne peut les expliquer que par la résolution de ne pas condamner à mort.

On comprend l'impression des jurés. Ils voient devant eux un homme plein de vie. S'ils prononcent une syllabe au lieu d'une autre, cet homme sera tué. Ils ont lu des phrases contre la peine de mort; cette image présente efface celle plus éloignée de la victime que cet homme a tuée, lui, de sa propre main. Ils admettent les circonstances atténuantes.

Segniùs irritant animos demissa per aures
Quàm quæ sunt oculis subjecta fidelibus...

Voilà P*** aux travaux forcés à perpétuité.

Qu'est-ce que cette perpétuité?

Contrafatto, Lacollonge et d'autres condamnés à perpétuité sont-ils morts au bagne?

Ne rencontre-t-on pas, se promenant à Nice même, un autre condamné à perpétuité?

Contre la perpétuité, il y a des chances d'évasion pour les plus hardis, les plus dangereux des condamnés; il y a la protection et la faveur pour d'autres.

Que P*** — qui, selon M. le président des assises et M. l'avocat général, a été sans cesse *l'objet d'une protection et d'une faveur scandaleuses*, — s'échappe ou soit gracié, croyez-vous qu'il y ait sécurité pour les témoins qui ont déposé contre lui?

Croyez-vous qu'à l'annonce de cette grâce ou de cette évasion, moi qui écris ces lignes, je ne me mettrais pas en mesure de lui casser la tête, le cas échéant?

Le verdict d'Ajaccio — qui a épargné P*** [1]

[1] J'ai cru devoir, dans ce volume, remplacer par des astérisques un nom que j'avais écrit en entier dans le journal; le journal de chaque jour, effacé par celui du lendemain, disparaît avec la circonstance; le livre a la prétention de lui survivre plus ou moins.

Le nom d'un criminel appartient à toute une famille dont on doit se garder d'aggraver le malheur.

Je dirai cependant que la solidarité de la famille, portée

— a tué Ardouin. Désirons que le verdict de Nice ne fasse pas tomber sur un innocent de plus la mort qu'il a détournée de l'assassin.

Vous voulez supprimer la peine de mort, dites-vous?

Elle n'existe déjà qu'exceptionnellement pour quelques-uns des assassins et des parricides. Mais elle subsiste, elle subsistera pour ceux qui laisseront voir une chaîne de montre, pour ceux qui passeront pour avoir de vieux louis enfouis chez eux, pour la pauvre fille qui refusera d'épouser un mauvais sujet auquel elle aura inspiré une fantaisie, pour ceux qui se trouveront, involontairement peut-être, un obstacle

à l'excès autrefois, est descendue trop bas aujourd'hui.

Elle semble, de ce temps-ci, ne plus exister que dans les cas où la famille croit pouvoir revendiquer sa part de la gloire de quelqu'un des siens. — Il n'est pas peut-être tout à fait juste, cependant, de conserver les bénéfices en renonçant aux charges.

La famille solidaire avait des droits respectables et un intérêt puissant pour surveiller chacun de ses membres, dont les fautes et les crimes pouvaient porter atteinte à un honneur alors commun à tous.

à l'avidité, à la vanité, à l'ambition de certaines natures implacables et féroces, encouragées par les chances d'impunité que donne aux assassins le parti pris d'un grand nombre de jurés.

LA PEINE DE MORT N'EXISTERA PLUS POUR LES CRIMINELS, ELLE SERA RÉSERVÉE EXCLUSIVEMENT AUX INNOCENTS.

QUELQUES CITATIONS

On a cité beaucoup César Beccaria dans les écrits pour l'abolition de la peine de mort.

Je vais me permettre à mon tour quelques citations prises dans divers auteurs non suspects de cruauté, avant de parler de Beccaria :

« Si la peine pour le vol simple est la même que pour le vol et l'assassinat, vous donnerez aux voleurs un motif d'assassiner, parce que ce dernier crime ajoute à la facilité et à la sûreté du crime. »

BENTHAM.

« La prétendue illégitimité de la peine de mort est une raison empruntée d'un faux principe. »

BENTHAM.

« La peine de mort est exemplaire, elle l'est plus que toute autre. »

BENTHAM.

« En Angleterre, on assassine rarement, parce que les voleurs ont l'espérance d'être transportés dans une colonie, et non pas les assassins. »

MONTESQUIEU.

« En Chine, les voleurs cruels sont coupés en morceaux, cela fait qu'on y vole, mais que l'on n'y assassine pas. »

MONTESQUIEU.

« En Moscovie, où la peine des voleurs et celle des assassins est la même, on assassine toujours... — *Les morts*, disent-ils, *ne racontent rien*. »

MONTESQUIEU.

« C'est pour n'être pas la victime d'un assassin que, dans la loi sociale, on consent à mourir si on le devient : dans ce traité, on ne songe qu'à garantir sa vie. — ... Tout malfaiteur devient rebelle et traître à la patrie... Il lui fait la guerre ; — alors, la conservation de l'État est incompatible avec la sienne, il faut qu'un des deux périsse. »

J.-J. ROUSSEAU.

« C'est une clémence que de faire d'abord des

exemples qui arrêtent le cours de l'iniquité ; par un peu de sang répandu à propos, on en épargne beaucoup pour la suite. »

FÉNELON.

Remarquez que Beccaria, que l'on cite seul d'ordinaire, s'élève principalement contre les supplices cruels, et que, de son temps comme de celui de Bentham, qui ne se décide pour la peine de mort qu'avec des restrictions, la peine de mort, appliquée dans un grand nombre de cas où elle ne l'est plus aujourd'hui, était précédée de tortures et accompagnée de cruautés si ingénieuses, si horribles, — qu'on se demande, quand on en lit les affreux détails, si les magistrats qui les ordonnaient, et qui y assistaient, n'étaient pas plus criminels que ceux qu'ils étaient censés punir.

Bentham, à coup sûr, Beccaria, plus que probablement, se seraient contentés des restrictions apportées de ce temps-ci à la peine de mort.

Accusez-vous Bentham, Montesquieu, Rousseau, Fénelon, de cruauté?

Je m'arrête un moment ici, effrayé de la longueur de cette réponse. C'est votre faute aussi, pourquoi m'avez-vous dérangé de mes petites phrases? Tout ce que je viens d'écrire n'est qu'une très-faible partie de ce que j'avais roulé dans ma tête avant d'écrire mes deux lignes, et tout cela, je l'avais épargné aux lecteurs; au point où j'en suis, si je devais développer tout ce qui m'a amené à cette conclusion, je ne serais pas à moitié de ma plaidoirie; mais je vais abréger.

Je n'ai plus que deux points à traiter, et je les traiterai sommairement.

En parlant de supprimer la peine de mort, — pensez-vous aux conquérants, aux héros, aux moissonneurs de lauriers, aux cueilleurs de palmes, à ceux à qui les poëtes crient :

> Prends ta *foudre*, Louis, et va *comme un lion?*

Pensez-vous à la guerre ?

Savez-vous combien de Français ont été tués

dans les guerres depuis le commencement du siècle?

Deux millions! disent les statistiques.

Cela suppose au moins également deux millions d'*ennemis*, c'est-à-dire de pauvres laboureurs aussi innocents, aussi utiles à leur famille, mais nés de l'autre côté de tel fleuve ou de telle montagne que le plus fort de deux États déclare être ses frontières naturelles.

Combien pensez-vous qu'il y ait eu, en 1863, d'ouvriers tués dans les travaux publics et particuliers? maçons, couvreurs, charpentiers, terrassiers, mécaniciens, etc.? Plusieurs centaines, n'est-ce pas?

Combien sont morts dans les hôpitaux, épuisés par la fatigue et les privations, par la nourriture insuffisante, à cause de la vente à faux poids et empoisonnés par la sophistication [1].

[1] J'ai fait un jour, dans *les Guêpes*, le tableau comparatif, en chiffres officiels, de ce que les principales denrées coûtent au riche qui achète en gros et comptant, et au pauvre qui achète en détail et à crédit, et j'ai traduit ce

Ajoutez-en quatre qui, arrêtés pour des causes futiles, se sont pendus dans les *violons,* parce que, depuis quinze ans, je ne puis obtenir que ces *dépôts* soient séparés des corps de garde par une grille, au lieu de l'être par un mur, etc., etc., etc.

Et combien, dans cette même année 1863, est-il mort d'assassins frappés par la justice?

Onze.

De sorte que, de tout ce qui précède, et d'autres exemples qu'il serait bien facile de multiplier, il ressort que :

La profession d'assassin, dont les mauvaises chances excitent si fort votre sympathie, *est la moins dangereuse et la moins insalubre de toutes les professions connues* [1].

résumé ces chiffres irréfutables par cette petite phrase : *Il n'y a pas beaucoup de riches qui auraient le moyen d'être pauvres.*

[1] Pour suppléer les détails statistiques qui me manquent ici, je suis obligé de recourir à un calcul approximatif, pour mettre en regard de ces onze assassins que vous avez eu la douleur de perdre en 1863, le nombre des

OIDIUM JUSTICIÆ

Mais — et c'est mon dernier point à traiter — savez-vous le grand mal qui travaille la justice, l'*oïdium justiciæ*?

Je vais vous le dire.

Et ici, je ne m'adresse pas seulement aux jurés, mais à toute la hiérarchie judiciaire.

C'est que chacun, entraîné par l'orgueil et par l'absence de principes, se permet d'ajouter ou de retrancher au rôle social dont il est chargé, de rompre quelques chaînons à la chaine de la

victimes de l'assassinat. Avec les circonstances atténuantes, je ne risque que de rester au-dessous de la vérité, en supposant que trente assassins soient acquittés, soient sauvés de la mort par lesdites circonstances atténuantes.

Ajoutons — ce qui est probablement bien minime — quatre meurtres dont les auteurs sont restés inconnus et sur lesquels *la justice informe.*

En ne tenant aucun compte de crimes qui n'ont pas laissé de traces ou ne sont pas venus à la connaissance du ministère public; en supposant que chaque meurtrier n'ait tué qu'une personne, nous arrivons, avec les victimes des onze condamnés que vous avez perdus, au nombre de quarante-cinq.

loi, et de substituer ses impressions ou des impressions reçues d'ailleurs à la volonté du législateur.

De là, une incertitude perpétuelle dans l'application de la loi.

Et un encouragement incessant pour les malfaiteurs.

Sous le règne du roi Louis-Philippe, règne sous lequel la France a amassé presque tout ce qu'elle dépense aujourd'hui, il arriva à M. Dupin, alors, si je ne me trompe, président de la Chambre des députés, de pérorer sur l'Algérie et de comparer le maréchal Clausel (peut-être n'était-il alors que général) au Romain Calpurnius.

M. Clausel se fâcha et arriva à Paris, où il fit, par deux amis, demander très-sévèrement au moins des explications à M. Dupin.

Les amis de M. Dupin répondirent que, si les avocats devaient se battre pour chaque parole offensante qui leur échappe, l'espèce diminuerait promptement et finirait par s'éteindre; — que l'on voyait tous les jours les avocats, soit entre eux, soit avec le ministère public, échanger les qualifications et les insinuations les plus outrageantes sans qu'un seul se soit avisé de demander d'autre réparation que le droit de représailles; — que la robe met les avocats, comme les prêtres et les femmes, à l'abri de ces rudes façons, bonnes pour des militaires et des bourgeois, etc.

Les amis de M. Clausel se montrant peu touchés de ses raisons, ceux de M. Dupin firent remarquer alors dans l'histoire romaine deux Calpurnius.

S'il y a eu, en effet, 110 ans avant J.-C., un Calpurnius (Bestia), qui, consul en Afrique fut accusé de s'être laissé corrompre par Jugurtha et d'avoir fait un traité honteux pour la République;

Il y eut un autre Calpurnius (Flamma), qui, en Sicile, 258 ans avant l'ère chrétienne, se dévoua avec trois cents hommes pour sauver l'armée romaine, et ne survécut que par miracle;

Que M. Clausel n'était pas fondé à réclamer une allusion à Bestia, quand lui, M. Dupin, n'avait entendu parler que de Flamma.

L'affaire fut ainsi arrangée.

Mais on comprend quelle rude épreuve ce fut pour un légiste comme M. Dupin, qui se disait que, sans sa résolution et sa force d'âme, et sans l'existence de deux Calpurnius, il eût été peut-être exposé à se battre en duel et à enfreindre les lois de son pays.

Mais, interrompant sa phrase, M. Dupin se demanda :

— Et quelles lois de mon pays aurais-je été exposé à enfreindre?

Il se trouva qu'il n'y avait pas de lois qui se fussent trouvées enfreintes.

Depuis ce temps, M. Dupin tortura les textes, influença certaines décisions, certaines interprétations, par suite desquelles le duel se trouvait assimilé à l'homicide avec préméditation.

A cette interprétation, il était facile de répondre :

— Oui, mais l'accusé a agi à son corps défendant, car il avait en face de lui quelqu'un qui voulait le tuer.

Néanmoins, on arriva au résultat que voici, résultat qui dépasse la somme de bouffonnerie qui sied à la loi et à la justice :

Quand, dans un duel, on a blessé son adversaire, on est traduit en police correctionnelle, sous l'inculpation de coups et blessures, et on est condamné à la prison, à l'amende, etc., etc.

Mais, si on l'a tué, on est traduit devant la cour d'assises et en butte à une accusation capitale, laquelle est toujours suivie d'un acquittement, attendu que la gent gauloise est toujours la gent porte-épée ; attendu surtout que la peine serait en disproportion monstrueuse avec le délit. En effet, le jury, suivant l'accusation sur ce terrain de fantaisie, déclare inévitablement l'accusé non coupable, de telle sorte qu'*on peut im-*

punément tuer son adversaire, mais qu'*on est puni sévèrement de le blesser*.

Le ministère public alors ne se tient pas pour battu, — et on fait intervenir la partie civile, — de telle façon qu'on obtient un verdict du jury accompagné d'un arrêt qui l'annule, car en voici le résumé :

« Un tel n'est pas coupable d'avoir tué son adversaire*; en réparation de quoi*, il payera des dommages-intérêts plus ou moins ruineux. »

Un exemple récent, pris en dehors du duel.

Dans l'affaire Armand :

Le jury déclare Armand non coupable, la cour condamne Armand à vingt mille francs de dommages-intérêts en réparation du crime que le jury souverain déclare n'avoir pas été commis.

La cour de cassation, trouvant un scandale dans cette révolte contre le verdict du jury, casse l'arrêt de la cour d'Aix, comme non motivé. L'arrêt n'était que trop motivé, et là peut-être était son tort. Mais la cour de cassation avait, en disant toute sa pensée, à craindre de se déjuger elle-même.

Dans l'intérêt de la loi et de la société, que chacun rentre dans son devoir, que le verdict du jury ne soit pas influencé illégalement par les avocats qui plaident contre la loi, et qui ne doivent plaider que contre son application.

Que les jurés ne manquent pas à leur serment et à leur devoir en apportant un parti pris et un *préjugement* à l'audience, et que les magistrats respectent les verdicts du jury quels qu'ils soient.

Ici, j'en aurais trop long à dire.

A ce moment où il me faut m'arrêter et finir, mes regards cherchent du papier blanc, mon crayon s'agite, — mais...

Voici mes derniers mots :

A soutenir l'abolition de la peine de mort, on peut se laisser entraîner sans une conviction bien puissante, parce que cette plaidoirie est féconde en phrases brillantes et faciles, parce qu'elle a un faux air généreux, libéral, humain.

Pour soutenir l'avis contraire, dont la popularité et le succès sont moins certains, parce qu'ils sont moins vulgaires, il faut être très-résolûment de cet avis.

C'est une singulière époque que celle où on entend les moutons bêler :

— Il paraît que nos chiens étranglent un loup de temps en temps... Ah ! les pauvres loups !

Où l'on entend les mouches bourdonner :

— On dit que le balai de la servante détruit de loin en loin une toile d'araignée... Ah ! les pauvres araignées ! »

Cependant, moi qui suis d'un naturel bienveillant, je dis :

— Ah ! les bons moutons ! — Ah ! les douces et mielleuses mouches !

Mais, si ces moutons, si ces mouches ajoutent :

— Ah ! les méchants chiens ! Ah ! le vilain balai ! Ah ! la mauvaise servante ! Il faut museler les chiens, il faut brûler le balai, il faut chasser la servante.

Je dis :

— Voilà des moutons bien injustes, voilà des mouches qui n'ont guère le sens commun.

Et je finis en pensant tristement que tout ce qui a précédé était parfaitement contenu dans ma petite phrase :

« Abolissons la peine de mort, mais que MM. les assassins commencent. »

Tout à vous, mon cher Jourdan.

XII

RÉPONSE A QUELQUES FEMMES LIBRES

Quelques femmes libres prétendent établir l'égalité entre l'adultère du mari et celui de la femme.

L'adultère de la femme est, peut-être, le plus grand crime social.

Donner à un homme à élever, à nourrir, à défendre, à aimer, à caresser des enfants que l'on se fait faire par un autre, est quelque chose d'odieux et d'infâme.

Il me semble que ce fait seul constitue une suffisante différence entre l'adultère de l'homme et celui de la femme.

L'amour est toute la femme, sa chasteté est toute la famille ; aussi est-ce là qu'on a mis son honneur. — Vous souriez, madame, vous maintenez votre opinion : eh bien, répondez à ces deux questions :

Un homme est-il déshonoré à vos yeux pour avoir satisfait le caprice que lui inspirait une très-jolie femme de chambre ?

Une femme est-elle déshonorée á vos yeux pour s'être abandonnée à son cocher ?

Vous avez une fille et un fils à marier : on vous propose pour votre fils une fille belle, spirituelle, distinguée, riche, mais qui a eu seulement quelques amants, deux ou trois, tout au plus; seulement, cela est connu et a fait un peu de scandale.

Pour votre fille, au contraire, on vous présente un jeune homme, suffisamment bien de sa personne, d'une fortune honnête, d'une famille suffisante, et on ajoute, pour vous décider, que c'est un modèle de sagesse, et que l'on peut vous garantir qu'il arrivera vierge aux bras de sa jeune fiancée.

Quelle sera votre impression sur les deux personnes ?

Vous refuserez probablement la fille.

Vous rirez, sans aucun doute, au nez du jeune homme.

XIII

A PROPOS DE M. DUPANLOUP ÉVÊQUE FEUILLETONISTE

Je dois constater qu'une révolution s'est faite dans les mœurs épiscopales :

L'Église gallicane, dont les doctrines ont été rédigées par Bossuet et résumées dans la déclaration du clergé vers 1680, semble avoir cessé d'exister. Monseigneur Frayssinous paraît avoir été le dernier évêque gallican, et, à ce titre, je ne suis pas fâché d'avoir eu occasion de l'embrasser quelquefois dans mon enfance comme lauréat dans les distributions des prix à la Sorbonne. Cette déclaration soutenait, entre autres doctrines, que « saint Pierre et ses successeurs n'ont reçu de puissance que sur les choses spirituelles ; que les règles et les constitutions admises dans le royaume doivent être maintenues, et les bornes posées par nos pères demeurer inébranlables ; que les décrets et jugements du pape ne sont point irréformables, etc.

Nos évêques sont à peu près tous devenus ultramontains, et c'est pour cela que je conseillais dernièrement à M. Villemain qui se convertit, de prendre plutôt cette position abandonnée.

Ce n'est pas tout ; outre les doctrines gallicanes, quelques-uns de MM. les évêques ont aussi abandonné les règles du beau langage, et le ton pastoral ; ils sont devenus pamphlétaires, de l'école Veuillot ; cette école a fait de nombreux élèves, et M. Dupanloup lui-même, qui avait été un orateur distingué, s'est tout à fait gâté, au contact, dans la polémique qu'il eut avec ledit Veuillot, il y a quelques années, polémique qui ressemblait à l'éloquence ancienne de la chaire comme le *chausson* ressemble à la lutte antique.

Aussi, s'est-il, ces jours derniers, trouvé traduit devant la justice comme accusé de diffamation tant envers un mort qu'envers quelques vivants.

La justice a prononcé *contre* M. Dupanloup un sévère acquittement : elle n'a pas trouvé dans la loi un texte qui protégeât la mémoire des morts ; mais elle a dit :

« Si les héritiers Rousseau ont été blessés par la publication de documents *appartenant à la vie privée de leur parent*, et qu'ils devaient croire à l'abri de toute divulgation dans le *dépôt où leur confiance les avait laissés ;* s'ils ont été *cruellement troublés dans leurs sentiments de famille*, par une discussion à la fois *hautaine* et ironique de souvenirs qu'ils regardaient comme *placés sous la garde même de celui qui les a si durement réveillés*, ils sont forcés de reconnaître eux-mêmes que *ces violences*, que les entraînements des passions politiques ou religieuses expliquent *sans les justifier*, n'étaient point dirigées contre eux personnellement. »

Un cocher de fiacre auquel le président d'un tribunal disait : « La cour vous blâme, » demanda si cela empêcherait son fiacre de rouler ; — à quoi il fut répondu que non.

— Alors... dit-il. Je ne répéterai pas ce qu'il dit.

Mais le cas n'est pas le même, la dignité de l'épiscopat ne peut que souffrir beaucoup et d'un pareil blâme et surtout des violences qui l'ont amené.

Et enfin le rude acquittement infligé à M. Dupanloup est très-propre à abaisser l'orgueil des évêques ultramontains et à leur rappeler qu'il existe des lois égales pour tous, et que l'épiscopat peut, dans certaines circonstances, être gallican malgré lui — en étant obligé de se soumettre à la répression des lois du pays.

L'acquittement subi par M. Dupanloup prouve encore que le monde — la France à l'avant-garde — ne peut échapper à la loi du progrès ;

que, si nous avons quelquefois l'air de nous arrêter ou de reculer, c'est pour prendre la marche en spirale du *tire-bouchon*, qui se fait un point d'appui de l'obstacle lui-même.

Nous ne sommes plus au temps où le prêtre ne pouvait être condamné que sur sept témoignages, — et où il était acquitté, comme le prouvait le savant Charpentier en 1620, en jurant, avec sept autres prêtres, qu'il était innocent.

Il ressort de ce procès un enseignement curieux et triste :

C'est l'abaissement du titre des mœurs en France.

Je n'appelle pas les mœurs, comme font les moralistes de papier, un éloignement plus ou moins hypocrite de l'amour.

Je m'explique.

Le tribunal a exprimé le regret de ne pas trouver dans la loi une arme qui lui permît de réprimer l'offense à la mémoire des morts.

C'est qu'il y a beaucoup de choses que la morale, le cœur, la bienveillance, l'équité naturelle, la civilité, le point d'honneur et les exigences du monde avaient, jusqu'ici, suffi à régler.

Aucune loi ne dit que certaines insultes exigent une réparation par les armes, ni que les dettes de jeu doivent se payer dans les vingt-quatre heures.

Il y a même des lois qui prétendent qu'on doit traduire l'homme qui vous a donné un soufflet devant la justice correctionnelle, qui le condamnera à quinze francs d'amende pour le moins.

Il y en a qui disent qu'on peut ne pas payer du tout les dettes de jeu. Eh bien, les mœurs, seulement en disant *affaire d'honneur*, *dettes d'honneur*, exigent impérieusement que l'on se batte et que l'on paye.

Il n'y a pas de lois qui punissent celui qui compromet, perd et déshonore, avec certaines précautions, votre femme, votre sœur, votre fille.

Il n'y a pas de lois qui régissent les égards mutuels sans lesquels les sociétés ne seraient pas même des hordes de sauvages ; mais il y a des mœurs, mais il y a une civilité, mais il y a des lois sociales non écrites, mais sévères et inflexibles, qui remplissent les lacunes de la loi pénale.

Toutes ces lois vous diront qu'un mort n'appartient pas encore tout à fait à la sévérité de l'histoire, tant qu'il a des enfants vivants, parce que ces enfants ne peuvent, sans une immense douleur et sans une honteuse lâcheté, supporter que l'on attaque sa mémoire.

Ces lois vous diront qu'un homme qui a adopté une profession dont la règle lui défend une réparation par les armes, doit s'abstenir sévèrement de toute insulte, de toute forme de discussion même capable de faire des blessures pour lesquelles les mœurs exigent ce genre de réparation ; que la prétention qu'auraient certains avocats ou certains prêtres d'abriter l'insolence sous leurs jupons n'est pas admissible.

Donc, la loi écrite se tait sur certains délits, sur certains crimes d'une nature délicate et difficile à préciser, dont elle a laissé la répression aux mœurs. Mais en sommes-nous donc à ce point d'abaissement du titre des mœurs, qu'il faille faire un code pénal supplémentaire pour tout ce qui jusqu'ici avait été confié à la garde de l'honneur ?

XIV

TE DEUM LAUDAMUS

Une bande d'un blanc lumineux s'étend à l'horizon. — Le rossignol, — mon rossignol, car c'estelui de l'année dernière, qui est revenu construire un nouveau nid où celui de la couvée précédente a été respecté, — le rossignol fait entendre ses derniers chants; — les merles, les pinsons, les fauvettes saluent l'aube à leur tour. Les mâles, secouant leur plumage, agitant leurs ailes, chantent au-dessus du nid où leurs femelles tiennent abrités, sous leur chaud plumage, les œufs ou les petits oiseaux encore nus, tendres fruits de leur mélodieux amour.

Les fleurs entr'ouvent leurs corolles, dans lesquelles les abeilles viennent, en bourdonnant, enlever le pollen dont elles composent leur miel parfumé.

La bande de l'horizon, qui était d'un feu blanc, devient d'un feu jaune, — l'aurore succède à l'aube; — les premiers rayons obliques du soleil font resplendir les gouttes de rosée suspendues aux feuilles et aux fleurs d'un éclat qui éteindrait les opales, les émeraudes, les rubis et les améthystes.

Un souffle frais dissipe le léger voile qu'une

petite brume étendait sur la prairie, — il n'en reste plus que quelques gouttelettes étincelantes, qui, de quelques toiles d'araignées, forment des réseaux de diamant; — le coq fait entendre sa voix retentissante, le cheval hennit dans son écurie, les vaches beuglent dans l'étable, la chèvre bêle, — tous appellent la grosse Thérèson, une belle et bonne fille qui est chargée de leur déjeuner.

Tout recommence son travail incessant; les vignes, les liserons, les chèvrefeuilles continuent leurs spirales commencées autour des arbres qui leur servent d'appui; — tout est reposé, frais, dispos; — tout s'accueille, se retrouve avec un air heureux et affectueux.

Les garçons et les filles, qui vont commencer leur journée au jardin, échangent entre eux et avec moi un bonjour et un sourire amical.

Mais, tout à coup, un bruit pareil à celui de la foudre gronde dans la vallée et retentit longuement, renvoyé d'échos en échos : — est-ce le tonnerre? — non, le ciel est pur, bleu, limpide.

En même temps, les cloches de la ville se font entendre.

Est-ce l'Angélus?

Non, il est sonné il y a déjà longtemps. Et puis ce n'est pas la même sonnerie, paisible et lente.

Les cloches sonnent à grandes volées et de tout leur éclat; — un second coup, semblable au tonnerre, succède au premier à peine éteint dans l'air.— et roule de nouveau dans les montagnes et les vallons.

Ce n'est pas le tonnerre, — ce n'est pas l'Angélus.

C'est le canon, — c'est un *Te Deum* solennel que l'on va chanter à l'église de Sainte-Réparate, la cathédrale de Nice.

Le télégraphe a apporté, cette nuit, la nouvelle d'une victoire, on va en remercier Dieu...

J'ai distribué l'ouvrage à chacun; j'ai passé

ma revue de chaque matin ; je m'assieds sous une tonnelle de lauriers-roses, sur un banc auprès de la mare où s'épanouissent les nénufars, les reines-des-prés, les joncs fleuris, les vergiss-mein-nicht, les salicaires, — où les libellules se poursuivent en rasant l'eau ; et j'écoute la voix des cloches et du canon, qui répètent au loin, en les paraphrasant, les paroles que dit à Sainte-Réparate le prêtre aux chrétiens rassemblés.

« *Te Deum, laudamus* — nous te louons, grand Dieu ! — *Te Dominum, confitemur* — nous te reconnaissons le maître ! »

O canon formidable qui faites un bruit à fêler les échos, ô cloches de Nice si mauvaises, si discordantes, si fêlées vous-mêmes, vous auriez pu vous taire ; la nature à son réveil le dit plus éloquemment que vous, d'une voix plus harmonieuse et plus pénétrante.

Depuis les premières lueurs blanches jusqu'aux derniers reflets violets, — depuis le chant de l'alouette jusqu'à celui du rossignol, — depuis que prend son vol le papillon, fleur animée, jusqu'à ce qu'il soit remplacé dans l'air par la luciole, étincelle vivante, — tout le chante, tout le répète dans une céleste harmonie. — *Te Deum, laudamus* — nous t'adorons, Seigneur, et nous reconnaissons que tu es le maître souverain !

Ah! voici que s'ouvrent les fenêtres de la maison tapissée de grands rosiers et de bignonias ; — le petit chien griffon secoue sa laine et me cherche dans le jardin, — puis saute après mes jambes en faisant entendre des cris joyeux.

Derrière lui accourt la maîtresse de la maison, la chère petite Jeanne ; — c'est une seconde aurore qui se lève pour moi, et celle-ci se lève dans mon cœur. — Quand j'ai retrouvé ses fraîches couleurs de la veille, ses yeux brillants, sa démarche souple et bondissante, — la joie chante dans mon cœur : je te bénis, Seigneur. *Te Deum, laudamus!*

Jeanne alors visite tous ses joujoux vivants dont elle est aimée : ses pigeons, sa daine, son petit âne de Sardaigne, sa monture ordinaire, auxquels elle distribue du grain, de l'herbe, du pain, des caroubes, et tous l'accueillent avec des airs d'amitié qui ne sont ni feints ni exagérés.

Nous te louons, grand-Dieu, toi qui as voulu que cet univers, l'homme, l'animal, la plante, se perpétuent par l'amour; — toi qui as donné à l'homme cet instinct de sociabilité, qui ne lui as accordé la force qu'à la condition de l'affection et de l'alliance ; qui l'as fait naître le plus faible et le plus désarmé des animaux, et qui lui donnes l'empire du monde et la vice-royauté de la nature, — lorsqu'il s'assemble par les liens doux et étroits de la famille, de la patrie, de l'humanité.

Mais écoutons les cloches, écoutons le canon. Ce n'est plus là ce qu'ils envoient aux échos. « *Dominus Sabaoth* — Dieu des armées, s'écrient-ils, — nous te louons — *Te Deum laudamus !*

» Car nous avons hier marché dans le sang jusqu'aux genoux.

» Nous te louons, Seigneur, car nous avons fait une montagne de corps morts des ennemis.

» Et eux n'ont pu faire qu'une colline de nos cadavres.

» Nous te louons, Dieu des armées, *Domine Sabaoth !* — de nos compatriotes, de nos amis, de nos frères, dix mille seulement ont été éventrés et coupés en morceaux — tandis que vingt mille de ceux qui ont des habits blancs ont subi le même sort.

» Je suis borgne, mais l'ennemi est aveugle ; grand Dieu, reçois mes actions de grâce. »

— Mais qu'appelez-vous l'ennemi — ou les ennemis ?

— Ceux qui ont des habits blancs.

— Ont-ils d'autres crimes à se reprocher ?

— Non, mais c'est bien assez.

— Est-ce de leur plein gré qu'ils viennent se battre contre vous?

— Non, certes! ils aimeraient certainement mieux rester chez eux à cultiver leurs champs et à élever leur famille.

— Alors...

Mais, ici, les cloches et le canon m'interrompent pour continuer à dire aux échos : « Les moissons et les pâturages sont détruits ; les chaumières, démolies et brûlées ; — les familles ont perdu leurs fils aînés, — et les charrues traceront des sillons incertains et sinueux sous la main faible et inexpérimentée des plus jeunes... *Te Deum, laudamus,* — Seigneur nous te louons! »

Et les cloches cessèrent de sonner, et le canon cessa de gronder — le *Te Deum* était fini ; — l'intendant, le syndic, les consuls sortirent de l'église et allèrent quitter leurs habits brodés ; — et l'hymne de la nature — hymne de joie, de paix et d'amour, un moment troublé par le canon et par les cloches — recommença :

« *Te Deum, laudamus* — nous te louons Seigneur !

» Car les épis vont bientôt jaunir, et la vigne commence à grossir ses grains ; — hommes, femmes, oiseaux, abeilles, nous travaillons tous, et nos efforts unis amèneront la récolte et la vendange, et l'abondance même pour les plus pauvres, et l'on aura quelque chose à partager avec ceux qui, cette année, n'auront pas de moissons, — avec ceux qui auront perdu leur fils aîné, — avec les mutilés et les blessés, avec tous les martys de la guerre.

» Heureux encore, parmi les autres, ceux qui meurent et ceux qui souffrent pour la sainte Liberté ! »

XV

L'AUTEUR VIVEMENT HOUSPILLÉ

HISTOIRE D'UNE BELLE PETITE PRINCESSE ET DES FÉES SES MARRAINES

Il était une fois une petite personne qui vint au monde en l'an 18... Les fées furent convoquées à son baptême comme il est d'usage en pareille circonstance. — Après un festin splendide, on apporta l'enfant dans des langes de brocart, et, la plus vieille prenant la parole la première, on commença à lui faire des dons.

La première, qui était arrivée sur un char traîné par des abeilles, dit :

— Tu appartiendras, de loin, il est vrai, mais tu appartiendras à la famille la plus bruyante des temps modernes.

La seconde — qui était un peu décolletée, n'étant vêtue que d'un collier de perles fraichement sorties du sein de la mer, et dont le char était traîné par des colombes — dit :

— Tu auras les yeux du beau bleu de la Méditerranée. Tu t'appelleras *Marie* — doux nom formé des lettres du mot *aimer*.

La troisième, qui était une figure de cire encore plus régulière que celles qui ornent les vitres des coiffeurs — et qui était venue dans un petit carrosse attelé à la Daumont de quatre colibris sur l'un desquels était un papillon — dit d'une voix grasseyante :

— Tu seras petite et un peu maigre; j'ai demandé pour toi à la nature cette preuve de confiance. Les femmes auxquelles ladite nature dans sa colère a infligé des formes sérieuses et réelles — sont belles d'une beauté tristement immortelle et incontestable, mais seulement pour les peintres, les sculpteurs et les hommes de bon sens et de bon goût, — une bien faible minorité ! — ces pauvres femmes ne peuvent, malgré leur bon vouloir, se soumettre aux lois variables de la mode.

» Un jour, pour être belle, il faut avoir la taille sous les bras ; un autre jour, la taille doit être près des jarretières ; un autre jour, les bras doivent être plus gros que le corps.

» Cette année, une femme à la mode doit être frêle, pâle, un peu verte.

» L'année prochaine, elle doit être démesurément grosse — et Vénus sera Hottentote.

» Après le règne des cheveux blonds — qui fera dépouiller de leur crinière toutes les filles des provinces du Nord pour orner la tête des Parisiennes, il faudra devenir brune.

Avez-vous vu, dans Barcelone,
Une Andalouse au teint bruni ?

» Que peuvent faire dans ces circonstances la *Vénus* de Gnide et celle de Milo et la *Sapho* de Pradier ?

» Tandis que, toi, dans les proportions qui t sont accordées, tu te créeras toi-même tous le matins de la forme et de la couleur que la mod aura promulguée et édictée la veille, ce que n pourrait faire une femme faite et réelle.

La quatrième, qui avait le front pensif et sil lonné et raviné par les orages de la vie, dit :

— Un peu de beauté — médiocrement d'esprit et point de cœur — et tu gouverneras le hommes.

Et les parents ne se possédaient pas de joie de voir comme leur fille était douée, et ils s'épuisaient en remerciments à l'endroit des bienfaisantes fées. — Mais cette joie ne fut pas de longue durée.

On entendit tout à coup un horrible fracas : des trompettes, des tambours, des houras, des applaudissements, des vivats, des trépignements — formaient dehors comme une tempête; la cheminée tomba et les vitres éclatèrent en morceaux. — Par une des vitres brisées entra une figure étrange; on ne pouvait dire à quel sexe elle appartenait, — quoiqu'une grande partie des hommes qui composaient la foule sussent parfaitement qu'elle appartenait au sexe féminin, attendu qu'elle n'avait rien de caché pour ceux qui la régalaient de ce tintamarre et qu'elle mettait à un applaudissement, à un vivat, à un « La voilà! » à un bouquet jeté, à une phrase dans un journal, — le prix qu'on en demandait.

Cette figure était vêtue d'écarlate et toute galonnée d'or faux; sa voix était retentissante et infatigable; sa voiture, en forme de cabriolet découvert, était traînée par des chevaux chargés de grelots et de sonnettes.

Elle *bonimenta* en ces termes :

— Tu aimeras le bruit. A ton nom de Marie, j'ajoute le nom de Brouhaha. En avant la musique !

Et un formidable orchestre fit tomber le reste des vitres et la figure sortit par la cheminée.

Toutes les fées laissèrent tomber leur tête sur leur poitrine.

Et les parents s'arrachèrent les cheveux.

Une fée qui n'avait encore rien dit, et qui s'était tenue jusque-là cachée dans une embrasure de fenêtre, demande la parole et dit :

— J'avais réservé mon vœu pour parler la dernière et pour pouvoir réparer à un certain point le malheur qui vient d'arriver et que ma science me faisait pressentir.

» Cet amour du bruit — ô Marie ! ô Brouhaha ! puisque tu as maintenant ces deux noms, — annulerait tous les dons que t'ont faits mes savantes sœurs.

» Je ne puis t'empêcher d'aimer le bruit, je ne puis t'empêcher d'en faire, mais je puis par un don atténuer ce don funeste : tu seras sourde ; — ce bruit que tu feras, tu ne l'entendras pas; ce bruit que l'on fera autour de toi, tu l'ignoreras; peut-être cela atténuera-t-il cet mour si dangereux pour le bruit que vient de 'infliger notre ancienne.

Et on se sépara tristement.

Et Marie Brouhaha commença à croître en ;râce et en beauté.

Et, chaque jour, on voyait se réaliser les dons es fées.

Elle avait les yeux du bleu du ciel, du bleu e la mer, du bleu des pervenches; — elle était naigre.

En résumé, elle était jolie, elle avait peu d'esrit et point de cœur; mais ces perfections taient réellement gâtées et diminuées par l'aiour du tapage, et, contrairement à la prévision e la fée, — quoique sourde comme la plus éléante amphore, elle faisait d'autant plus de bruit u'elle croyait n'en point faire assez.

Tels furent les commencements de la petite ersonne.

Tout cela m'a été raconté.

Voici maintenant ce que j'ai vu. Quand je l'ai

connue, elle avait vingt ans ; avec courage, avec opiniâtreté, elle les a encore, elle les aura toujours. — Elle recevait beaucoup de monde le plus possible, de toute espèce et de tout sexe, excepté le sexe féminin, qui s'en abstenait bruyamment : en partie, avec quelques prétextes; en partie, parce que cela permettait de se poser en vertu rigide; ce qui n'empêchait pas quelques-unes de voir beaucoup plus mauvaise compagnie et de l'être elles-mêmes.

Le grand crime de la petite personne était au fond d'avoir beaucoup de belles jupes et des diamants, et des saphirs moins bleus et moins beaux que ses yeux.

Elle se piquait de ne se coucher qu'à deux heures du matin et de ne se lever qu'à onze heures ; — elle racontait volontiers qu'elle prenait un bain tous les jours ; — elle sortait en voiture, allait dans le jour au cours de M. de Jussieu et au cercle. Elle apprenait ses rôles pour jouer la comédie, changeait de toilette trois ou quatre fois, et avait une correspondance très étendue; puis, chaque jour, le soir dans son salon, on montrait une romance dont elle avait fait les paroles et la musique, un portrait en miniature d'un fini précieux, deux ou trois paysages chacun d'un genre différent et d'une manière diverse, et l'on apportait les épreuves d'un ouvrage qu'elle écrivait sur Nice.

Trois talents dont chacun demande la vie d'un homme — en long et en large — c'est-à-dire quarante ans en ne faisant pas autre chose.

Aussi que de médisances! que de calomnies! — On abusait contre elle de toutes les circonstances. Sous prétexte d'un rhume opiniâtre qui l'empêcha de chanter toute la saison — et d'une sensibilité nerveuse qui ne lui permit pas de se mettre au piano, — on répandit le bruit que la musique n'était pas d'elle et qu'elle n'était pas capable de la déchiffrer; on lui fit même la plaisanterie — un soir sans doute qu'elle rêvait à son livre et était préoccupée — de lui jouer une de ses romances sans l'en avertir ; et, lorsque, par une distraction dont beaucoup de grands génies ont donné tant d'exemples, elle demanda de qui était *cette charmante musique,* l'exécutant osa s'en dire l'auteur et lui demanda la permission de la lui dédier ; ce qu'elle accepta avec une charmante bienveillance et un de ces sourires qui eussent désarmé un tigre et donné de l'esprit à l'auteur d'une lettre anonyme datée de Nice, que j'ai reçue hier.

On prétend que la plaisanterie blâmable fut poussée jusqu'au bout et qu'elle a dans le même album deux exemplaires de la même romance :

L'un gravé avec ses armes et son nom comme auteur des paroles et de la musique ;

L'autre écrit à la main et dédié à elle-même par son très-humble, très-obéissant et très-dévoué serviteur ***.

On en disait bien d'autres sur sa peinture : on prétendait qu'elle n'avait de sa vie peint que son visage, il est vrai qu'elle le peignait soigneusement et outrageusement; — il est vrai aussi qu'elle aurait pu s'en passer, ayant une admirable et naturelle fraîcheur qui résistait même à ces tatouages malsains. On nommait tout haut et on désignait du doigt cinq ou six auteurs de son livre, dont chacun crut longtemps que le chapitre qu'il avait fait était le seul apocryphe. Elle faisait alors un bruit affreux et par tous les moyens les plus opposés et les plus contradictoires.

Et, comme tout ce bruit, elle ne l'entendait guère, semblable à Beethoven, qui n'entendait pas sa musique, parce qu'elle est un peu sourde — ce qui donne à son joli visage un air un peu étonné et *enquestant* qui n'est pas sans charme — elle croyait toujours ne pas faire assez de tapage et elle redoublait ses efforts.

Tapage comme princesse, — des livrées, des armoiries—princesse par-ci,—princesse par-là.

Tapage comme ardente républicaine; ce qui ne l'empêchait pas de porter fastueusement un nom qui par deux fois, dans l'histoire de France, a remplacé la république par l'empire ; titre et nom qu'elle aurait pu sacrifier à la république avec d'autant plus de facilité qu'il n'est pas bien prouvé que le titre lui ait jamais appartenu, et que le nom a cessé de lui appartenir depuis qu'elle a épousé un officier au service de je ne sais quel pays du Nord.

Il existe à Nice, chez les marchands de musique, des romances, les unes par Mme de***, les autres par Mme la comtesse de***, les autres par Mme la princesse Marie de***, que l'on suppose être une seule et même personne. — On assure que, depuis quelque temps, elle se fait appeler tout simplement princesse Marie.

Si, au théâtre, une actrice avait du succès, elle voulait entrer violemment dans ce succès et être le spectacle avec elle ; — et, au beau moment, au moment où cela dérangeait le plus, elle jetait sur la scène un énorme bouquet. — Tapage.

Elle apprenait que Lola Montès a cravaché quelqu'un, que cela se mettait dans les journaux : — elle prenait le premier prétexte et tirait un coup de pistolet sur un domestique. — Tapage.

La dernière fois qu'il me fut donné de voir ce charmant visage, mon plaisir fut tempéré par cette circonstance qu'elle m'apportait un exemplaire d'un volume que Süe venait d'écrire sur elle. Je m'étais permis de lui dire : « Jolie comme vous l'êtes, vous avez le droit de rendre mes amis fous ; mais je m'opposerai de mon mieux à ce que vous les rendiez bêtes ! »

Et j'avais écrit à Eugène Süe :

« Si, au lieu d'un exemplaire, on m'avait remis le manuscrit, j'aurais rempli mon office d'ami en le jetant au feu. »

Süe me répondit (cette lettre n'a précédé sa mort que de quelques mois) :

« Mon cher Alphonse,

» J'ai été touché plus que je ne saurais vous le

dire de vos *gronderies*. Je sais et j'apprécie tout ce qu'elles ont d'amical, et de sérieusement amical. Je ne me suis dissimulé aucune des conséquences de ce que j'ai fait. Vous me connaissez trop pour ne pas être certain que je suis persuadé de la réalité de ce que j'ai écrit. Cela ne m'empêche pas, je vous le répète, d'être profondément touché de la nouvelle preuve d'affection que vous me donnez.

» Je suis harassé de travail..., etc.

» A vous de *tout cœur*, croyez-le bien.

» EUGÈNE SUE. »

Peu de temps après la mort de cet excellent Süe, on annonça que la charmante petite personne allait publier des lettres de Lamennais, de Béranger et d'Eugène Süe; — j'en pris quelque inquiétude, parce que je connaissais la nature de ces lettres. Dans le salon de madame la princesse de S***, j'avais vu une dizaine d'élégants volumes reliés en maroquin et ornés de *ses armes ;* ces volumes renferment des autographes des principaux de ses correspondants. Pour obtenir cet honneur, il faut avoir un rang dans le monde, soit par le talent, soit par la naissance ; — et, à côté des lettres des poëtes, les visiteurs peuvent en parcourir d'autres tracées par une *main auguste* — comme on dit. J'écrivis à un de mes amis auquel je supposais quelque influence sur la charmante princesse, et je m'efforçai d'empêcher l'impression des lettres de Süe.

Mon ami échoua.

Par hasard, à cette même époque, il parut dans *le Siècle* un feuilleton où je signalais une nouvelle variété de sirènes.

« Leur visage est ravissant, disais-je, comme celui des sirènes anciennes ; mais, au lieu de se terminer en queue de poisson, leur corps se termine en un vaste amas de chiffons.

» Vous tous qui avez un nom dans la politique, dans les lettres, gardez-vous de confier au papier les sentiments que ce joli visage vous pousserait à exprimer ou à feindre! — On fera un dossier du tout, et, aussitôt votre mort, on vendra le volume à un libraire, et vos soupirs, édités en format Charpentier, entreront dans la bibliothèque Michel Lévy ou Hachette. »

Je terminais par quelques observations modestes à la chère petite personne, et je lui faisais remarquer:

Que les femmes n'ont pas plus le droit de publier les bêtises qu'elles nous font écrire, que nous, les sottises que nous leur faisons faire.

Circé voulut bien se reconnaître dans ce portrait, et s'en irrita ; elle regarda autour d'elle : — elle était seule.

Un de ses chevaliers était allé lui cueillir un fruit d'or du jardin des Hespérides.

Un autre était à la recherche de l'eau de Jouvence qu'elle avait demandée pour cultiver la jeunesse des gens qui l'entourent ; — on sait qu'elle n'en a aucun besoin pour elle-même.

Un troisième devait rapporter *l'oiseau qui dit tout* — et n'était pas revenu.

Un quatrième avait pourfendu la veille quatorze géants et se reposait.

Un cinquième passait pour être de mes amis.

Un sixième n'avait pas envie d'être de mes ennemis.

Elle eut alors un magnifique mouvement; ses yeux d'outremer brillèrent d'un éclat farouche qui ne fit que changer sa manière d'être jolie, — et elle s'écria comme Médée:

Que me reste-t-il? — Moi!

Et elle s'enferma pour procéder à des évocations pour faire sortir du tombeau ce pauvre Süe; et, lui désignant un des hommes qu'il faisait profession d'aimer le plus, lui dire comme ce personnage de Plaute :

Adsiste ultrinsècus atque onera hunc maledictis.

(Mettez-vous de l'autre côté, et, à nous deux, chargeons-le d'injures.)

Je fus alors averti de ce qui allait arriver :

— Des lettres de Süe vont paraître, me dit-on, et on y aura intercalé quelques attaques contre vous, ainsi que contre tous ceux dont la fée aux yeux pers croira avoir à se plaindre.

On a oublié d'inviter la fée à une soirée ; — Béranger sort de la tombe et dit, sur un air connu :

Ses salons n'ont pas de hauteur,
Et sa femme est laide à fair'peur.

Celui-ci n'a pas applaudi une pièce où jouait la ravissante personne : Lamennais (lettres posthumes) le traite de drôle et de polisson.

Le Réveil — journal de MM. Granier de Cassagnac et Escudier — est venu m'apporter la nouvelle que voici :

« Madame la princesse de S***, dit M. Granier, vient de faire paraître un recueil de lettres inédites d'Eugène Süe et de Béranger. Dans les unes comme dans les autres, on trouve des appréciations littéraires curieuses et parfois étranges. »

*
* *

Voici ce qui concerne M. Alphonse Karr :

«.... Il est d'un caractère charmant et d'une indépendance d'esprit rare, mais il ne faut pas complétement se livrer à lui, en ce sens qu'il a toujours sacrifié ses amis, et ses meilleurs, au plaisir de faire un mot, et que rien n'est sacré pour lui, si cela peut lui donner l'occasion de faire une bonne ou une mauvaise plaisanterie dans ses feuilletons... Mais, enfin, c'est un parfait honnête homme. »

*
* *

Plus loin, en passant de l'homme à l'écrivain, il dit :

«... Il ne faut pas vous le dissimuler, Karr est *un homme ordinaire de beaucoup d'esprit.* C'est un bourgeois qui s'est fait journaliste. Il n'a pas assez d'individualité pour être amusant hors de ses feuilletons, qui sont les plus charmants de notre temps, ni assez de passion pour captiver l'attention. Sortez-le de ses *Guêpes*, en exceptant *Sous les tilleuls*, tous ses romans sont détestables, incompréhensibles quant à la forme, au fond, et même au style... »

Enfin en résumant l'homme et l'écrivain, non sans se contredire légèrement, il ajoute :

« ... Il est envieux, et il rapetisse volontiers, parce qu'il n'a pas lui-même de génie créateur ; mais il est consciencieux. Il est prétentieux, parce qu'il n'est pas naïf ; sa conversation est aussi étudiée que ses feuilletons. »

J'espère que me voilà houspillé !

Quoique — on a pu le remarquer — je sois plein d'indulgence pour la petite personne, — j'avoue que je trouvai le trait un peu vif et peu respectueux pour la mémoire de cet excellent Eugène Süe.

En supposant que Béranger et Süe se fussent laissés aller à s'exprimer confidentiellement sur quelques-uns de leurs contemporains d'une façon un peu hostile, serait-il honnête de leur faire faire une lâcheté posthume et de les tuer après la mort dans le cœur de leurs amis.

Mais il n'est pas vrai que Süe ait écrit ces choses à mon sujet, et voici, cette fois, deux lettres authentiques dont l'une a été imprimée ; vous avez évoqué Süe, je l'évoque à mon tour :

« Paris, 9 juin.

» Mon cher Alphonse, il y a trois ou quatre ans, je n'aimais pas, ou plutôt je ne connaissais pas les fleurs, ce qui ne leur ôtait rien de leur mérite, n'est-ce pas? Cela prouvait seulement que j'étais un sauvage, ou plutôt un *civilisé*. — A quoi bon cette déclaration de principes? allez-vous me dire. A arriver à ceci, à savoir que je n'avais jamais lu *Clotilde*, que je l'ai commencée hier soir à onze heures, et que j'ai fini ce matin à quatre heures. Vous dire, mon ami, tout ce que j'ai trouvé là d'adorable passion, de profond sentiment de la nature, de haute et poétique admiration et *sensation* des magnificences éternelles, ce que j'appelle, moi, tout bêtement *de la religion* (vu qu'il me semble qu'un Claude Lorrain ou un Ruysdael seraient d'admirables tableaux d'église) serait impossible; la coquetterie de *peau* de Clotilde est une des choses les plus belles et les plus *humaines* que j'aie lues, et il y a toute une comédie, et une ravissante comédie, dans le Sommery et l'excellent abbé Vorlèze.

» Ce n'est pas des louanges que je vous donne, je viens vous *remercier* d'une des plus douces et des meilleures nuits de lecture que j'aie passées. Mon jardinet embaumait, la nuit était tiède et calme ; jamais cadre, je vous l'assure, n'a été plus digne du tableau. Encore une fois, merci ! A propos, merci aussi de m'avoir cité comme Provençal ; notre famille est. en effet, de là ; comment diable avez-vous su cela? Adieu, adieu, mon ami, je n'ai pas encore lu les dernières *Guêpes*; je les envoie chercher pour savoir à peu près où vous adresser ce petit souvenir d'une bien vive et bien sincère sympathie. — La personne que vous m'avez adressée (de la maison du roi, je crois) m'a trouvé dans la prison de cette infâme garde nationale, c'est-à-dire que là seulement j'ai reçu sa lettre; depuis, je ne l'ai pas revue, ni su où lui répondre. — Je vais de moins en moins dans le monde, je tourne à la solitude, mes fleurs m'amusent et m'intéressent au possible; vous avez cela, et cette admirable mer et *mère*, car elle est bien féconde et douce et salutaire à l'âme; à part quelques caprices, n'est-elle pas aussi *alma mater* ?

» Encore adieu; je sais que vous détestez autant de lire des lettres que d'en écrire. Prenez-vous-en à *Clotilde*.

» Mille amitiés vraies.

» EUGÈNE SUE. »

A M. Michel Lévy, libraire à Paris.

« Monsieur,

» J'apprends que vous allez publier une nouvelle édition de *Raoul Desloges*, l'un des livres les plus remarquables de mon excellent ami Alphonse Karr, œuvre dans laquelle se résument pour ainsi dire toutes les nuances diverses de son rare talent, ironie acérée, charme touchant, philosophie profonde, et surtout rare bon sens et *utilité pratique*. En effet, presque toutes les œuvres d'Alphonse Karr ont pour but le redressement d'une idée fausse, passée par habitude à l'état de vérité, ou la demande précise et praticable d'une amélioration sociale ; ainsi *Raoul Desloges*, roman rempli d'intérêt, de mouvement, de passion, est encore l'une des plus spirituelles et des plus puissantes protestations que l'on ait écrites contre la vanité des études universitaires, pour les élèves qui ne se destinent ni à la médecine, ni au barreau, ni à la magistrature.

» Moi-même, *après* mon ami Alphonse Karr, et sans avoir l'autorité de sa parole, j'ai émis des idées analogues aux siennes sur les études purement universitaires . . . .

» Parlerai-je de ces protestations éloquentes, énergiques, incessantes, d'Alphonse Karr, dans *les Guêpes*, sur la barbarie des compagnies de chemins de fer, qui forçaient les voyageurs, trop pauvres pour s'asseoir dans des voitures abritées, de s'entasser debout, au péril de leur santé, quelquefois de leur vie, dans des tombereaux découverts, exposés à toutes les rigueurs du temps? Parlerai-je de son indignation d'honnête homme, de sa guerre acharnée contre les vendeurs de pain à faux poids, vol doublement odieux, car le pauvre en est presque la seule victime? Ces abus criants et bien d'autres encore qu'il serait trop long d'énumérer ici, ont cessé, par les modifications apportées dans les règlements ou dans la loi. Disons-le encore, tant d'utiles réformes ont été dues en grande partie à la généreuse initiative d'Alphonse Karr, intrépide adversaire de tout ce qui est faux, lâche, stérile et inhumain.

» Agréez, monsieur, l'assurance de ma considération la plus distinguée.

» EUGÈNE SUE. »

La seconde lettre — il serait trop long d'en donner les preuves que j'ai entre les mains — avait pour but d'aller au-devant d'un reproche qui avait été fait à Süe de deux réminiscences. — La négresse Cécily et Léonidas Requin — des *Mystères de Paris* et des *Mémoires d'un valet de chambre* — avaient paru après *Clotilde* et *Raoul Desloges*, et on avait signalé des points de ressemblance.

Süe était un excellent cœur ; un homme honnête jusqu'au martyre, — car il est mort de nostalgie ; c'était un homme de talent, quoiqu'on ait exagéré sa valeur littéraire, — comme on a diminué celle de certains autres, ainsi qu'il arrive quand les écrivains sont mêlés à la politique ; la faiblesse de son caractère l'avait jeté dans une position héroïque au-dessus de ses forces : il la supporta noblement et en mourut. Ce que je dis aujourd'hui, je l'ai dit de son vivant.

La mauvaise action de celle qui prétend avoir été son amie — ne lui fera rien perdre dans le souvenir de ceux qui, comme moi, l'ont connu et aimé.

Je terminerai assez congrûment, je crois, par un rapprochement singulier — en mettant en regard des passages de deux petits ouvrages de deux personnes dont l'une reproche à l'autre de manquer d'invention :

UN HOMME ET UNE FEMME

NOUVELLE

PAR ALPHONSE KARR. — 1838.

Fragments.

Adèle se représentait l'homme qu'elle aurait aimé : il aurait été grand, bien fait.

Elle lui eût désiré l'imagination d'un poëte et la naïveté d'un enfant.

Lucien songeait à la femme qu'il devait rencontrer un jour : elle était petite et svelte, elle avait des yeux bleus et des cheveux blonds, quelque chose de voilé dans le regard et d'aérien dans la démarche.

Et dans le cœur cette conscience de faiblesse qui fait chercher un appui.

Si vous voulez connaître mes héros...

Pauvre Adèle ! Elle aura appris mon mariage...

Il commence une lettre de remercîment...

Il avait déjà mis en haut du papier :

« Mon cher oncle. »

Il laissa sa lettre inachevée...

LA RECHERCHE D'UN IDÉAL

ÉTUDE DES MŒURS CONTEMPORAINES

Dédiée à mon ami François Ponsard

PAR MARIE DE S** B** W**. — 1858.

Fragments.

Celui qu'elle aime est là, grand, bien fait...
. . . .
Enfant encor par la naïveté,
Poëte qu'a béni l'imagination,
Celle qu'il veut choisir petite et potelée...
Son front est couronné d'opulents cheveux blonds.
. . . . Ses cils soyeux et longs
Voilent des yeux d'azur. . . . .
Sa démarche incertaine. . . . .
Garde la conscience encor de sa faiblesse.
Pour entrer dans la vie, il lui faut un appui.
Je veux de mes héros vous tracer le portrait...
Pauvre Aline! elle a donc appris mon mariage...
Il avait déjà mis en tête du papier :
« Mon cher oncle, aujourd'hui je veux remercier. »
Il écarta du doigt la lettre commencée...

Sa voix était monotone et sans expression...

Lucien trouva chez lui une riche corbeille. Ce qu'elle contenait était choisi avec une distinction parfaite; on n'avait pas oublié, dans le choix des couleurs, que Sarah était blonde.

C'était la seconde émotion que Lucien eût surprise. La première s'était montrée à propos d'une opinion que Lucien avait émise un peu légèrement, relativement à des confitures qu'elle avait confectionnées elle-même.

Cette seconde émotion fut un peu plus forte.

La mauvaise humeur est contagieuse.

Il songea à faire une visite à son oncle.

L'oncle le reçut froidement : il n'était revenu que de la veille.

Lucien manifesta sa reconnaissance.

— Croyez-vous que j'aie pris, pour vous combler de bienfaits, le moment où vous vous êtes montré désobéissant.

— Mais..., dit Lucien.

— Mais, dit l'oncle, je ne vous ai rien donné, et je ne veux même pas voir la femme que vous prenez.

Comme il rentrait chez lui, son portier lui dit :

— Voici une lettre qu'a apportée le domestique de l'oncle de monsieur.

— Si c'est un présent, je le refuse.

Il ouvrit la lettre, elle était d'Adèle.

« Mon voyage durera toute la belle saison, je serai enchantée que vous acceptiez pour ce temps ma maison de campagne. »

Mais sa voix monotone et sans expression...
. . . . Une riche corbeille
L'attendait au logis...
Tout avait le cachet de la distinction ;
Avait harmonisé
Les couleurs aux cheveux de la blonde Marie...
Elle avait laissé voir semblable émotion
Une fois seulement qu'il était question
De conserves de fruits qu'elle-même avait faites.
Il avait là-dessus parlé légèrement...
La contrariété, cette fois, fut plus forte ;
La mauvaise humeur est souvent contagieuse.
Il songe qu'à son oncle il doit une visite.
L'oncle était revenu la veille seulement.
Léon fut accueilli par lui très-froidement ;
Et, dès qu'il lui parla de sa reconnaissance,
« Eh ! je n'ai pas, monsieur, la sotte complaisance
De payer de bienfaits la désobéissance.
— Mais..., répondit Léon. — Mais je n'ai rien donné ;
La femme malgré moi que vous avez choisie,
Je ne la verrai pas » . . . .
Léon rentrait chez lui ;
Le portier, l'arrêtant, lui dit : « Le domestique
De votre oncle est venu remettre ce billet.
— Mais, si c'est un cadeau, cette fois, je refuse. »
Il rompit le cachet, la lettre était d'Aline :
« Je vais aux bains de mer passer cette saison,
Acceptez pour ce temps ma petite maison. »

C'est un grand brun avec un habit gris...
C'est un grand homme brun vêtu de gris.

Les clauses du contrat..., restrictions perfides et précautions injurieuses.

Il pria l'homme d'affaires de se charger d'une lettre pour le père de Sarah; puis il alla à la mairie faire afficher ses bans, et fit tout préparer à l'église.

Quinze jours après, Lucien se réveilla plus heureux qu'il n'avait jamais été; il prit un bain et s'habilla; il alla à son ancien logement, et y monta sans rien dire au portier.

Adèle ouvrit la porte elle-même.

Elle pâlit en le voyant.

—Adèle, c'est aujourd'hui le jour de mes noces.

— Je le sais... J'irai à l'église, et personne ne priera avec plus d'ardeur pour votre félicité.

On entendit rouler une voiture.

C'était la mère de madame L***.

Deux heures après, Lucien et Adèle étaient seuls renfermés dans la petite maison de campagne.

ALPHONSE KARR.

C'est un homme assez grand;
Il a les cheveux noirs, il porte un habit gris...
C'était un homme grand, brun et vêtu de gris.
Cet acte résumait........ le contrat;
De cent restrictions les clauses odieuses,
Et les précautions les plus injurieuses.
Il pria le notaire
De remettre une lettre à son futur beau-père;
Puis, bien vite, il alla faire afficher ses bans
Et fit lui-même tout préparer à l'église.
Huit jours après, Léon se réveilla joyeux.
Il prit un bain et fit promptement sa toilette.
Il se dirigea vers son ancien logement,
Il monta sans rien dire.
Madame de Melcy vint ouvrir elle-même;
Elle devint soudain d'une pâleur extrême.
« Aline, dit Léon, c'est aujourd'hui! ce soir,
Je serai marié...
— Ami, je le savais, et je vais à l'église
Demander au bon Dieu votre félicité. »
Dans la rue, on entend le bruit d'une voiture:
C'est la mère d'Aline.
Quelques heures après, Léon et son amie
Étaient seuls enfermés dans la maison chérie

MARIE DE SOLMS, née BONAPARTE-WYSE.

Et ainsi de suite pendant douze ou quinze cents vers.

Pour ce qui est de la dédicace à Ponsard, je n'y trouve rien à objecter ; nous dédions donc la chose à *notre* ami François Ponsard : je m'en souviendrai à la première édition qu'on fera du volume, et je lui emprunterai une épigraphe que je trouve précisément ce matin dans un journal :

C'est moi qui lui dicte ses vers.

FRANÇOIS PONSARD.

J'ai maintenant à demander pardon à mes lecteurs de les avoir, cette fois, aussi longtemps occupés de choses auxquelles je suis mêlé ; mon excuse consiste en ceci, que cette manie du bruit et de la publicité est, dans le cas présent, poussée à un tel degré, que cela devient presque un caractère, et tombe dans le domaine de la comédie.

La même excuse me servira pour un autre point auprès de mes lectrices.

Ce n'est certes pas moi qui m'aviserai d'aller chercher une femme dans son salon, dans sa maison, où elle est reine légitime, pour la livrer à la curiosité publique; mais, si la femme est reine légitime dans sa maison, elle est, dans la rue et au dehors, quelque chose qui ressemble à un conquérant et à un soldat, et, comme telle, exposée volontairement aux chances de la mêlée. Celui qui met la main sur le voile de la jeune fille ou de la mère de famille est un criminel coquin ; mais, quand Aruns frappa à son tour Camille au moment où la reine des Volsques abattait les Troyens sous ses coups, personne — il y a cependant longtemps de cela — ne s'est jamais avisé de l'accuser d'impolitesse et de manque de savoir-vivre.

Il y a longtemps que j'ai fait cette remarque qu'il y a deux choses que les femmes ne pardonnent pas aux hommes : le sommeil et les affaires ; mais je n'avais jamais vu cette horreur du sommeil poussée à un tel excès. Jolie comme vous êtes, amusez-vous à tourmenter les vivants, mais laissez les morts dormir tranquilles.

Je ne m'étonnerais pas de voir paraître prochainement quelque épître inédite d'Horace ou une ode inconnue de Pindare, ou quelques lignes exhumées de Tacite, où je serais par ces illustres morts traité comme je le mérite. Ce serait plus prudent : je n'ai pas de lettres d'eux à opposer.

Pour finir, je suis curieux de voir si M. Granier de Cassagnac, qui a reproduit avec tant d'empressement dans son journal les passages qui me concernent dans les lettres apocryphes publiées par madame la *princesse* de Solms, publiera également celles qui leur donnent ici un démenti formel, auquel cas je rendrai témoignage de son impartialité.

A Monsieur le Directeur du journal LE FIGARO,
à Paris.

Monsieur,

Vous avez admis dans votre journal une lettre qui me concerne ; vous voudrez bien admettre ma réponse.

Permettez-moi, d'abord, de vous demander pourquoi vous avez donné une mauvaise raison de cette insertion, quand vous pouviez en donner une excellente?

La lettre en question est tellement bizarre, tellement inusitée, qu'elle était une bonne fortune pour votre journal; — voilà la bonne raison.

Dire, comme vous le faites, que l'auteur de cette lettre « attaquée par la presse et voulant se défendre n'aurait pu le faire ailleurs que dans *le Figaro* » : voilà la mauvaise, et je le prouve :

1° Elle n'était pas attaquée, mais avait attaqué *par la presse*, en publiant les prétendues lettres d'Eugène Süe ; 2° elle avait déjà fait une réplique à ma réponse, et avait vu sa lettre insérée immédiatement dans *les Guêpes*, c'est-à-dire là où elle se pensait attaquée ; il en aurait été de même de la seconde épître.

Ce n'est donc pas en qualité de saint Vincent de Paul de la presse, mais en qualité de journaliste soucieux de l'amusement de ses lecteurs, que vous avez donné asile à la lettre de la princesse : — voilà pour ce qui vous concerne

Passons à *ma belle ennemie*, la charmante madame *Marie Studolmine Brouhaha*, née, suivant elle, comme elle a cru devoir le faire imprimer dans votre journal, le 25 avril 1833 ; suivant d'autres, qui sans-aucun doute se trompent, le 25 avril 1829.

La princesse répond à divers points de ma plaidoirie ; mais il en est un sur lequel elle se tait, et qui a cependant son importance.

J'ai fait imprimer, en regard, dans *les Guêpes*, des fragments d'un ouvrage de moi publié en 1838 — et des fragments d'un ouvrage de madame*** publié en 1858 ; — le second est littéralement copié sur le premier.

Il est donc avéré qu'elle a fait imprimer et publier sous son nom un ouvrage de moi.

La princesse Brouhaha dit dans *le Figaro* :

« Il y a une mauvaise foi inique à dire que je me fais appeler *la princesse Marie;* je ne porte aucun titre ; mes cartes, mes livres portent mon simple nom. Mensonge donc de la part dudit Karr. »

Eh bien, *ledit Karr*, pendant qu'il écrit ces lignes de la main droite, tient de la main gauche une carte donnée à Nice par cette dame elle-même ; et, de cette carte, voici le portrait exact :

PRINCESSE MARIE. *R. Caumartin, 44.*

Ledit Karr, toujours pendant qu'il écrit ces lignes, a devant les yeux une romance qu'il vient d'acheter chez Nolfi, rue du Gouvernement, à Nice. De cette romance, voici le titre gravé :

ROMANCE SANS PAROLES

par

LA COMTESSE MARIE ***

Chaillot, éditeur, à Paris.

Ce n'est pas tout : — dans les *engueulements*

anonymes que je reçois depuis un mois à ce sujet — et dont une phrase se retrouve *par hasard* dans la lettre que vous avez insérée, on la désigne invariablement par ces mots : « la charmante princesse ».

Ce n'est pas tout : — il y a deux ans, à un court voyage qu'elle fit à Nice, — quatre cents personnes l'ont vue comme moi entrer dans un concert déjà commencé que donnait M. L'Huillier dans la salle de l'hôtel de la *Grande-Bretagne*. — Elle avait, je me le rappelle, un châle brodé en or; elle était menée par un homme qui est un peu de mes amis, mais qui a sà faiblesse comme nous avons tous les nôtres, et qui criait d'une voix de procureur royal — il a ses raisons pour cela : « Place à la princesse ! »

Donc, la princesse Brouhaha a pris des titres, *tant sur ses cartes que sur ses ouvrages;* donc, elle en a accepté publiquement; donc, ledit Karr n'a pas menti.

Qu'il me soit permis de tirer les conséquences

de ces deux faits ; commençons par le second :

Madame Marie *** nie crânement, et avec les formes les plus violentes et les plus injurieuses, qu'elle se soit jamais fait appeler *princesse* et *comtesse*, — ce qui néanmoins se trouve prouvé.

Elle a publié sous son nom un ouvrage de moi.

Je suis donc fondé à penser qu'il ne faut ajouter qu'une foi modérée aux allégations et aux dénégations de cette dame.

J'ai le droit de croire qu'une personne qui a publié un ouvrage de moi sous son nom, peut bien avoir publié quelques lignes d'elle sous le nom d'Eugène Süe.

J'aime mieux admettre cela que de croire que Süe ait écrit confidentiellement et en cachette les lettres publiées par cette dame, en même temps qu'il m'adressait celles que *les Guêpes* ont publiées en regard des premières.

Si cette interprétation est meilleure pour la mémoire d'Eugène Süe, elle est également plus indulgente pour la princesse Brouhaha. En effet, dans l'hypothèse de lettres *arrangées*, elle n'aurait fait qu'attaquer un peu déloyalement un homme qui ne l'aime pas, tandis qu'en supposant ces lettres vraies, elle aurait odieusement abusé de la confiance et de la tendre amitié d'un homme mort, pour révéler d'inqualifiables faiblesses de son caractère ; j'aime donc mieux supposer les lettres fausses.

La princesse Brouhaha dit . *Ponsard lui-même répondra plus tard, avec l'énergie qu'assurent à un honnête homme la mauvaise foi et la déloyauté, aux étranges allégations auxquelles Karr mêle son nom.*

Je n'ai mêlé le nom de Ponsard à aucune allégation ; — j'ai constaté seulement qu'elle avait « dédié à son ami Ponsard » le petit ouvrage de moi qu'elle a fait imprimer sous son nom. — Ponsard est également de mes amis, et j'ai dit que je le lui dédierais de mon côté dans la première édition que je ferais de cet ouvrage.

C'est donc au contraire la princesse qui essaye

odieusement de le mêler à cette affaire ; — mais j'ai tout lieu d'espérer que la menace de Ponsard rentrera dans le « bon sens », dont il est le représentant littéraire, comme le poignard de Melpomène rentre dans son manche.

Que me reste-t-il encore à dire ?

Ah !

La petite princesse Brouhaha dit : *Karr me dit maigre ; son dépit vient de ne pas avoir été admis à s'assurer du contraire...* — Elle ajoute qu'un *de ses amis* lui a rendu le témoignage que Karr a menti.

On a vu de tout temps des femmes jeter leur bonnet par-dessus les moulins ; mais il me semble que je vois voltiger en cette circonstance et s'entortiller dans les ailes desdits moulins un peu plus que le bonnet.

Quelle est donc la belle Athénienne qui gagna une cause difficile devant l'aréopage, en déchirant sa tunique ?

Ma pudeur m'empêche de suivre la princesse

sur ce terrain glissant, où il est aussi facile d'affirmer qu'impossible de prouver. Si je réponds, ce qui n'est que la vérité, que la princesse Brouhaha se trompe ; qu'elle ne m'a jamais inspiré la fantaisie de vérification qu'elle me suppose, elle dira encore que je suis un homme mal élevé : que serait-ce donc si j'ajoutais, ce que je n'ajoute pas, que c'est pour cela qu'elle est irritée contre moi ? Ce serait ridicule, outrecuidant, grossier, et ce ne serait pourtant que le calque fidèle de ce qu'elle dit de moi.

Si elle a encore la fantaisie d'écrire à mon sujet, je l'avertis et je vous avertis, monsieur, que *les Guêpes* lui sont ouvertes : il n'est pas juste que vous ayez tous les bénéfices, et moi tous les coups.

Agréez, etc.

A. K.

XVI

ÉCHANTILLON DE FOUDRES

Voici une des formules d'excommunication jadis employées, jadis terribles ; — aujourd'hui, dragons peints sur paravent, à l'usage de la cour de Rome :

« Que Dieu tout-puissant et tous ses saints les maudissent de la malédiction perpétuelle dont ont été frappés le diable et ses anges. Qu'ils soient damnés avec Judas le Traître et Julien l'Apostat. Qu'ils périssent avec Dacien et Néron. Que le Seigneur les juge comme il a jugé Dathan et Abiron, que la terre a engloutis vivants. Qu'ils soient effacés de la terre des vivants, et que leur mémoire s'évanouisse. Qu'ils soient surpris d'une mort honteuse, et qu'ils descendent vivants dans l'enfer. Que leur semence disparaisse de la surface de la terre. Que leurs jours soient peu nombreux et misérables. Qu'ils succombent sous la faim, la soif, la nudité et toute espèce d'angoisses. Qu'ils souffrent la misère, les maladies pestilentielles et tous les tourments. Que leurs propriétés soient maudites. Qu'aucune bénédiction, aucune prière ne leur soient utiles, mais qu'elles se convertissent en malédictions. Qu'ils soient maudits toujours et partout; qu'ils soient maudits la nuit, le jour et à toute heure; qu'ils soient maudits, dormant et veillant; qu'il soient maudits jeûnant, mangeant et buvant; qu'ils soient maudits parlant et se taisant; qu'ils soient maudits chez eux et hors de chez eux; qu'ils soient maudits aux champs et sur l'eau; qu'ils soient maudits du sommet de la tête jusqu'à la plante des pieds. Que leurs yeux deviennent aveugles, leurs oreilles sourdes, leur bouche muette ; que leur langue s'attache à leur gosier ; que leurs mains ne palpent plus ; que leur pieds ne marchent plus. Que tous les membres de leur corps soient maudits. Qu'ils soient maudits debout, couchés, assis. Qu'ils soient maudits d'ici à toujours, et que leur lampe s'éteigne devant la face du Seigneur au jugement dernier. Que leur sépulture soit celle des chiens et des ânes. Que les loups rapaces dévorent leurs cadavres. Que le diable et ses anges les accompagnent à jamais. »

XVII

VOLTAIRE A FAILLI INVENTER LES FUSILS CHASSEPOT

PLUS ÇA CHANGE, PLUS C'EST LA MÊME CHOSE

La petite phrase qui sert de second titre aux

lignes qui suivent a formulé il y a quatorze ans mes adieux à la politique.

J'avais un matelot normand appelé Buquet, qui avait trouvé, lui, une formule plus pittoresque : il ne demeurait pas chez moi ; — quoique j'eusse alors deux maisons dans mon enclos de Sainte-Adresse, j'avais pris le parti d'y demeurer seul. — Mon domestique se composait dudit Buquet, qui m'accompagnait à la mer, et d'une vieille femme que j'avais logée en face de ma porte ; — elle profitait de mes absences, cinq ou six heures chaque jour à la mer, pour balayer et me faire à dîner ; — au bout du mois, elle trouvait ses gages sur son fourneau ; mais elle était avertie de ceci : c'est qu'elle eût à m'éviter soigneusement, parce que, si je la voyais une seule fois, ce serait pour lui donner son congé.

Pour Buquet, il demeurait où il voulait avec sa nombreuse lignée.

Un jour, il m'apprit qu'il avait quitté son logement; j'étais assez lié avec lui pour me permettre de lui en demander la raison.

— Ah! me dit-il, c'est la Buquette qui a voulu déménager; les femmes, voyez-vous, monsieur Alphonse, ça aime à changer quelquefois de punaises.

Ce souvenir m'est revenu à propos de la dernière guerre. — Le journal qui me donne une gracieuse hospitalité n'est pas autorisé à me laisser appliquer ma phrase ni celle de Buquet au sort des populations qui *appartenaient* à l'empereur d'Autriche et qui vont *appartenir* au roi de Prusse; — je ne veux parler que de ce qui s'est dit à propos des succès des Prussiens, attribués à leurs fameux fusils à aiguille — et à la recherche de nouveaux engins meurtriers qui préoccupe les divers gouvernements de l'Europe.

On retrouve tout cela dans les écrits contemporains de la guerre que soutint le grand Frédéric contre l'Autriche, — laquelle était soutenue par la France, la Russie, la Suède, la

Hongrie et la moitié de l'Allemagne. Comment la France se trouvait-elle alliée de l'Autriche, dont la ruine depuis longtemps faisait le fond de sa politique? Cela ne s'est expliqué que par un vers moqueur du roi de Prusse contre le cardinal de Bernis et quelques épigrammes contre « mademoiselle Poisson, dame Lenormand, marquise de Pompadour ».

C'est surtout à la correspondance de Voltaire que je vais demander des preuves de ce que j'avance.

L'Autriche, en 1757 comme en 1866, donnait ses défaites pour des victoires ; à l'entendre, *le marquis de Brandebourg* — c'est ainsi que les gazettes appelaient Frédéric — se débattait inutilement contre sa destinée.

« On me mande de l'armée autrichienne, dit Voltaire, que le roi de Prusse est sans ressources et que tous les officiers désertent... » On connaît cette histoire, non pas d'un officier, mais d'un soldat déserteur et arrêté : « Pourquoi voulais-tu me quitter? lui demanda Frédéric. — Parce que vos affaires vont tout à fait mal. — Eh bien, reste encore aujourd'hui, nous livrerons bataille demain, et, si on nous bat, nous déserterons ensemble. »

On célébrait à Vienne par des fêtes les victoires de l'Autriche, et on les publiait au bruit des fanfares de « vingt-deux postillons sonnant du cor ».

Cependant, Voltaire ne tarde pas à recevoir d'autres nouvelles dont il tire les conséquences que voici :

« Malgré les vingt-deux postillons sonnant du cor à Vienne, et malgré les cent trompettes de la Renommée, je ne vois pas encore que les Prussiens aient évacué la Bohême. »

Et, un peu plus tard :

« Les Prussiens ont quitté Leipsick et sont en Lusace ; une lettre *particulière* de Vienne me mande qu'on y a *une crainte fort indécente* de ces Prussiens. »

Voltaire, qui avait habité la Prusse, attribue les succès des Prussiens en grande partie, non pas à leurs fusils, — c'étaient alors des fusils très-primitifs, des fusils à silex, — mais à la manière de s'en servir.

« Rominagrobis, dit-il, — c'est un des nombreux petits noms qu'il donnait à Frédéric, — a ses régiments de grands coquins qui tirent sept coups par minute, et qui sont plus grands, plus robustes et surtout plus exercés que leurs adversaires. »

« Souvenez-vous, dit-il à un de ses anciens compagnons à la cour de Prusse, comme ces gaillards escamotaient les cartouches et tiraient sept coups par minute. »

Il fait aussi bonne part au général, avec lequel il était brouillé cependant, et contre lequel il n'épargnait pas les injures dans la correspondance avec ses amis.

« A ce jeu de la guerre, dit-il, je crois bien que celui qui met ses bottes à quatre heures du matin, et souvent a dormi avec elles, aura toujours un grand avantage sur celui qui monte en carrosse à midi. »

Et ailleurs :

« Le roi de Prusse a le premier des talents au jeu qu'il joue : la célérité. — Le fond de son armée a été dressé pendant plus de quarante ans. Songez donc comment doivent combattre des machines régulières, vigoureuses, aguerries, qui voient leur roi tous les jours, qui sont connues de lui et qu'il exhorte chapeau bas à faire leur devoir. »

Ajoutons aussi que la supériorité d'instruction des Prussiens a été, est et sera toujours un avantage incontestable.

Ce même Frédéric disait de lui-même :

« Mon occupation principale est de combattre l'ignorance et les préjugés dans les pays que le hasard de la naissance me fait gouverner, d'éclairer les esprits, de cultiver les mœurs, et de rendre les hommes aussi heureux que le comporte la nature humaine et que le permettent les moyens que je puis employer. »

Voici encore quelques lignes de Voltaire qui semblent s'appliquer à ces jours derniers :

« On prépare à Vienne de beaux divertissements pour le mariage de l'archiduc; il est bien digne de la majesté autrichienne de donner des fêtes, au lieu d'envoyer l'héritier des Césars à l'armée s'abaisser à voir tirer le canon : cela est bon pour un petit marquis de Brandebourg, etc. »

Il me reste à parler de l'invention à cette époque des perfectionnements des machines à tuer.

Il en fut inventé une terrible, disait l'inventeur, mais qu'il ne put réussir à faire expérimenter, malgré une rare opiniâtreté; et quelle est cette machine?

— Un char assyrien.

— Quel est l'inventeur?

— Voltaire lui-même.

Et, pour compléter le tableau, qui fut chargé de proposer cette machine et de l'expliquer au maréchal de Richelieu?

Florian.

« Faites-vous rendre compte par Florian de la machine dont je lui ai confié le dessin...

» Avec six cents hommes et six cents chevaux, on détruira en plaine une armée de cent mille hommes.

» 18 juin 1757. »

Et, le 2 juillet 1757 :

« Faites prier Florian de venir chez vous; la machine est toute prête. »

Et, le 18 juillet :

« Tout peut changer, et alors *le char* deviendra nécessaire. Il faudrait un homme absolu et qui aimât l'histoire ancienne. »

Et, le 18 décembre :

« Le roi de Prusse nous a battus; il valait mieux faire courir des chars d'Assyrie en pleine campagne, etc. »

Et, le 26 mai 1579, au marquis de Florian, qu'il appelle — en souvenir des *chars* — son « cher Assyrien » et son « grand écuyer d'Assyrie » :

« Je suis fâché qu'on n'ait pas osé adopter mes chars assyriens, crainte de ridicule; le ridicule pourtant n'est pas si à craindre que les Prussiens, et je suis tout convaincu que ce serait la seule manière de les vaincre en pleine campagne. »

Dans l'exemplaire de Voltaire que j'ai sous les yeux, l'éditeur met en note que Voltaire proposa également son char assyrien au roi de Prusse. « Voir, dit-il, la correspondance avec le roi de Prusse. »

Donc, si cette guerre entre la Prusse et l'Autriche n'a pas eu ses « fusils à aiguille », ce n'est pas la faute de Voltaire.

XVIII

PARENTHÈSE

Vous me plaignez, madame, des médisances, des calomnies que vous entendez fréquemment sur mon compte, et vous vous étonnez, sans me le dire, de l'indifférence que vous me voyez pour cette guerre souterraine.

Je suis arrivé à l'indifférence par le dédain, au dédain par l'observation.

Un homme qui montre une valeur quelconque, comme une femme qui a de la beauté, se dénonce à la bienveillance inerte de quelques-uns et à la haine ardente de beaucoup.

Seulement, ces quelques-uns valent mieux que le reste.

J'ai deux cachets ; — l'un est en allemand : *Eïnerley,* et veut dire : « Ça m'est égal. »

Celui-là, je l'ai fait graver lorsque j'étais plus jeune ; il est un peu fanfaron ; aujourd'hui, ayant été forcé de reconnaître mes faiblesses, je l'ai modifié — et je ne me sers guère que du nouveau.

Le nouveau a une dizaine d'années : *Je ne crains que ceux que j'aime.*

En effet, ceux-là seuls peuvent voir, toucher et blesser mon cœur, qui pour eux est ouvert et découvert; les autres ne peuvent atteindre que la peau — et la peau est endurcie.

Si je tiens, non pas à passer pour être quelqu'un et quelque chose, mais à l'être en effet, ce n'est pas pour la foule, ce n'est pas pour tout le monde, c'est pour le petit nombre de ceux que j'aime et qui m'aiment, et auxquels je veux donner des raisons pour leur sympathie.

D'autre part, je ne tiens à l'amitié et à l'estime que de ceux que j'aime et que j'estime moi-même.

Que me fait l'opinion ou plutôt le papotage, car ce n'est même pas leur opinion, de pauvres diables qui, lorsque je ne suis pas là, parlent de moi à demi-voix ou écrivent des lettres non signées auxquelles, du reste, leur signature n'ôterait pas l'anonyme — leur signature n'étant pas un nom? — Ne suis-je pas assez vengé, si je tenais à me venger? toute lettre anonyme n'est-elle pas signée: « Un lâche »?

Tout discours clandestin, que l'on n'offre pas de répéter à celui qu'il concerne, n'est-il pas semblable à des lettres anonymes? Que voulez-vous que me fasse cela?

Ces gens, derrière mon dos, quand je suis passé et un peu loin déjà, prennent une poignée de boue, essayent de me la jeter — et n'atteignent que rarement mes bottes. — Il n'y a rien de sali, pas même leurs mains, qui étaient déjà sales. — Ah! si, — peut-être bien la boue, car la lâcheté salit tout.

Je ne m'occupe jamais de ces gens qui s'occupent tant de moi. Ils reconnaissent si humblement leur infériorité, qu'on ne peut rien faire de pis contre eux que ce qu'ils font eux-mêmes.

Si je puis descendre à m'occuper un instant de ces gens-là aujourd'hui, c'est que j'ai voulu répondre à une marque de sympathie — et vous rassurer sur le chagrin que vous me reprochez presque de ne pas ressentir.

Je vais vous donner encore un des secrets de l'indifférence qui vous scandalise.

L'autre jour, on a dit dans Nice que je gardais pour moi l'argent de la loterie pour des malheureux que j'ai entrepris de sauver.

Je crois que c'est ce jour-là que je recevais une lettre ainsi conçue :

« Mon cher confrère, je veux vous envoyer mon offrande pour ces pauvres gens.

» Votre amie, GEORGE SAND. »

Quelques jours plus tôt, une lettre amicale m'arrivait de Jersey, signée VICTOR HUGO.

Hier, on vous a, à ce qu'il paraît, raconté

leux ou trois salauderies et turpitudes sur mon compte.

Mais, hier aussi, on écrivait de Paris à un journal de Nice que Sauvage, l'inventeur de l'hélice; que Sauvage, que j'ai eu dans le temps le bonheur d'arracher au désespoir, à la prison et à la misère, — parlait encore de moi avec de bons souvenirs dans les derniers jours de sa vie.

Hier enfin, j'ai reçu une autre lettre de Paris; — et savez-vous ce que m'apprend cette lettre? Qu'il y a eu récemment à Paris un banquet des *sauveteurs de France*; que, dans ce banquet, les couplets énergiques ont été chantés par M. Villeneuve, membre de la Société; et que, dans un de ces couplets, il y a ces deux vers :

> Alphonse Karr de Nice — en France,
> Viens... on garde ton souvenir!

et que tous ces hommes braves, dévoués, généreux, ont répété ces paroles de leur voix mâle, et qu'ils ont daigné regretter que je ne fusse pas parmi eux.

C'est un honneur que je place à côté des beaux vers que m'a adressés Lamartine ; c'est une douce récompense pour la fatigue des rudes chemins que j'ai suivis volontairement.

Voyons, de bonne foi, — combien faut-il de bavardages honteux, de médisances clandestines, de calomnies lâches — pour altérer l'orgueil calme et paisible que m'inspirent ces témoignages de sympathie?

— Ah ! de l'orgueil ! on vous tient, monsieur ; vous l'avouez vous-même, vous êtes un orgueilleux.

Oui certes, madame, j'ai reçu cette force qui s'appelle l'orgueil, cette force par laquelle on veut faire le bien et on s'efforce vers le beau, parce qu'on a besoin de l'estime de soi-même et de celle des gens que l'on aime et que l'on estime.

Laissons donc les grenouilles coasser dans leur fange; cela accompagne bien la sérénité du soleil couchant.

Et voyez même autour de vous et sous vos

yeux les gens de talent, les hommes distingués, les braves gens surtout qui me tendent volontiers la main.

Pensez que vous avez bien voulu vous préoccuper et vous affliger des susdits coassements.

Et ne me plaignez plus.

XIX

LES FLEURS A PARIS

Dès son origine, Paris semble avoir été prédestiné à être la capitale du monde civilisé.

Ce n'était certes pas la beauté de la ville qui faisait dire à l'empereur Julien, ce grand homme si calomnié : « Je passerai l'hiver dans ma chère Lutèce. »

Cette Lutèce, d'après le témoignage du même empereur, alors proconsul dans les Gaules, était dans une petite île située au milieu de la Seine[1].

Et ce n'était pas, tant s'en faut, toute l'île d'aujourd'hui : — c'était la plus grande d'un groupe de quatre îles. — L'île aux Treilles et l'île de Bully ne furent réunies que sous Henry III ; — l'île aux Vaches le fut seulement sous Louis XIII ; mais Julien ajoute que Paris était environné d'agréables jardins pleins de fruits et de fleurs.

On a des lettres patentes de Clovis, datées du mois d'octobre de l'an 500 de l'ère chrétienne, dans lesquelles il dit :

« La ville de Paris est une reine brillante par-dessus les villes, ville royale, siége et tête de l'empire des Gaules. Paris sauf, le royaume n'a rien à craindre[2]. » Et qu'était le Paris dont on parlait en termes si magnifiques? Toujours la chère Lutèce de Julien, c'est-à-dire la petite

[1] Lutetia, oppidum Parisiorum, quæ in insula est non magna in fluvio sita, quæ eam ex omni parte cingit.

[2] Regina micans omnes super urbes, regia sedes, civitas

île, à laquelle il faut ajouter, sur la rive droite de la Seine, un espace de huit cents pas sur cinq cents.

Qu'était alors Paris? Une ville dont une partie seulement devait être pavée sous Philippe-Auguste, près de six cents ans plus tard.

Mais Paris était entouré de bois, de jardins, dont plusieurs noms de faubourgs et de rues encore aujourd'hui gardent le souvenir : la Courtille, la culture Sainte-Catherine, etc., etc.

Le palais que fit bâtir Clovis près de Sainte-Geneviève (église dédiée d'abord par lui à saint Pierre et saint Paul) était entouré d'un vaste jardin.

Childebert, son fils, forma autour du palais des Thermes un magnifique jardin, tout planté, dit un contemporain, de roses et de toute sorte d'autres fleurs et d'arbres fruitiers que ce prince greffait lui-même.

regia, caput totius Gallici imperii, cujus salvo et incolumi statu, regni salus continetur.

La reine Ultrogothe adorait les fleurs.

Charlemagne aimait si passionnément les jardins, qu'il en avait un auprès de chacune de ses maisons situées en diverses provinces.

Il s'occupe souvent de ses jardins, dans ses *Capitulaires,* avec une grande sollicitude : « Je veux, dit-il, qu'il y ait toujours en abondance, dans mes jardins, des lis, des roses, de la sauge, des romaines, des pavots, etc. »

Hugues Capet avait deux jardins, dans l'une des îles appelée l'île aux Treilles. — Louis le Jeune, en 1160, donna, au chapelain de la chapelle de Saint-Nicolas, six muids de vin à prendre sur ces treilles.

Ce jardin occupait l'emplacement où l'on construisit, en 1606, la rue de Harlay, la place Dauphine et les quais, et, en 1671, la cour neuve du Palais et la rue Lamoignon. Philippe-Auguste avait trois jardins, dont deux appelés jardin du Roi et jardin de la Reine.

Charles V, qui fit bâtir l'hôtel Saint-Paul, y fit

des jardins célèbres par la beauté des treilles et les cerisiers; — d'où les noms des rues qui les avoisinaient : Beautreillis et de la Cerisaie.

Sous François Ier parurent les parterres découpés, les boulingrins, — et la recherche des fleurs rares.

Les Parisiens ont, de tout temps, aimé les fleurs et les jardins. Un *Traité de la Police*, publié en 1729, se plaint de leur obstination à entretenir des jardins suspendus sur leurs fenêtres. « Ceux mêmes du bas peuple, dit l'auteur, qui n'ont point d'héritage pour planter, se font des jardins dans des pots et dans des caisses, ne pouvant pas, sans beaucoup de peine et d'inquiétude, s'en passer absolument. »

Les magistrats s'opposaient en vain, ajoute-il, à ces jardinages sur les fenêtres. « Cependant, après plusieurs ordonnances qui les défendirent et plusieurs condamnations contre les prévaricateurs, on ne réussit pas à les empêcher, tant est vive cette inclination pour les jardins qui l'emporte, dans l'esprit même des plus indigents, sur la raison et leurs propres intérêts. »

Sous Louis XIV, — Le Nôtre et La Quintinie furent nommés conseillers directeurs des jardins, et Le Nôtre eut le collier de l'ordre de Saint-Michel.

On retrouve une multitude d'ordonnances des rois de France relativement aux jardins et aux jardiniers de la ville de Paris.

Il y a, entre autres, un privilége singulier pour l'osier récolté dans les jardins de Saint-Marcel. — Il est de 1473 et cédulé ainsi : « L'on commande et enjoint que nul ne soit si hardy de vendre oziers qui sont d'autre lieu que celui de Saint-Marcel. »

Cette formule de commandement existe encore en Russie. — J'ai eu sous les yeux un ordre adressé à un amiral russe commandant une flotte de trois vaisseaux à Villefranche près de Nice. Cet ordre lui fixait le moment de son départ et commençait ainsi : « N'osez pas lever l'ancre avant — telle époque. »

Henri III, dans une ordonnance de décembre 1576, appelle les jardiniers ses « bien-amés maitres jardiniers de la bonne ville de Paris. »

Les jardiniers formaient alors une corporation ayant des lois sévères, et subissaient des examens pour un baccalauréat.

« Article XVII. L'on défend que nul jardinier ne soit si hardy, sous peine de quarante sous d'amende et tenir prison, d'entreprendre besogne au-dessus de cinq sols parisis, s'il n'est maître ou *bachelier*.

» Art. XVIII. Que nul ne soit si osé ni hardy d'entreprendre besogne au-dessus de cinq sols, s'il n'a fait son chef-d'œuvre en bon ouvrage et suffisant au dire des maîtres jurés jardiniers.

» Art. XIX. Et, pour ce qu'il est venu à connaissance de justice que plusieurs se disaient jardiniers maîtres et bacheliers, etc. »

Les maîtres jardiniers payaient à l'État de fortes redevances. — L'auteur du *Traité de la Police* dit : « Les guerres que le feu roi Louis XIV eut à soutenir contre un grand nombre d'ennemis, *l'obligèrent* à recourir à plusieurs moyens extraordinaires pour en soutenir les dépenses. »

En effet, si le peuple n'avait pas donné de l'argent pour les frais de la guerre, comment aurait-on pu y mener tuer ses enfants?...

Ah! qui délivrera les peuples soi-disant civilisés de ces moissonneurs de lauriers, cueilleurs de palmes et héros dressés à l'homicide dès leur plus bas âge? — « Un grand nombre d'ennemis! » — Et le peuple le plus traité en ennemi, n'est-ce pas celui qu'on ruine, — qu'on décime, — au profit d'une sotte et féroce vanité?

Mais non, les peuples aiment ça !

Sur votre piédestal, tout formé de ses os,
Le peuple applaudira; — pour quelques tabatières,
Les rimeurs vous mettront au nombre des héros!

Sous Louis XIV, les jardins aussi avaient leurs perruques : rien de laid, de ridicule comme ces parterres découpés avec des sables de diverses couleurs et ces arbres assujettis aux formes les plus contraires à leur nature.

J'ai en ce moment, sur la table où j'écris, un livre imprimé à la fin du règne de Louis XIV : « *Le Jardinier fleuriste*, culture universelle des fleurs, arbres, etc., ensemble la manière de dresser toute sorte de parterres, boulingrins, portiques, colonnes et autres pièces, etc. ; » où l'auteur s'écrie hardiment : « On peut dire que l'industrie de nos jardiniers n'est jamais montée à un si haut point qu'aujourd'hui ; » — il ne faut, pour en juger, que regarder les différentes figures qu'ils se sont imaginé pouvoir donner à l'osier !

« L'art *surpasse* la nature, ajoute-t-il, dans ses édifices et portiques de verdure, etc. » Et il donne des figures d'ormes formant, au bas de leur tige, par la taille, « une espèce de grand pot sans anse d'où l'orme élève une tige terminée par une tête exactement ronde. » — Puis il donne une image de portique, — puis des ifs taillés en vases et en figures, et il s'écrie encore : « Est-il rien de plus beau ni qui sente plus la grandeur ! »

Les jardins alors étaient peu ornés. — L'auteur se récrie sur huit sortes de rosiers qu'il possède. — On peut juger de la pauvreté des jardins par la place importante qu'y occupait le basilic, plus connu aujourd'hui dans le peuple sous le nom d'oranger de savetier. « Basilic, dit notre auteur, vient de βασιλεὺς, (*rex*, roi), à cause que le basilic est une plante qu'on peut nommer à bon droit plante royale. » — « Les pots où l'on met le basilic sont de faience bien propre, car on s'en sert pour garnir les parterres d'espace en espace, en les plaçant sur de petits piédestaux de pierre taillés exprès. » La beauté d'un basilic, ajoute-t-il, est « d'avoir la tête bien ronde ; si un petit rameau excède les autres, ayez soin de le couper. »

On a mêlé de tout temps des fleurs à la politique, et elles ne s'en sont pas bien trouvées. Ne m'occupant que de Paris, je ne rappellerai pas la guerre des Roses rouges et des Roses blanches, « dont le peuple anglais, dit Voltaire, a eú les épines ».

« Je parlerai seulement des lis de la couronne impériale — et de la violette — tout à coup encombrant les jardins royaux, ou détruits, — à la mode, ou exilés.

Sous la restauration des Bourbons, une actrice célèbre, mademoiselle Mars, fut sifflée et insultée, — parce qu'elle avait paru en scène avec un bouquet de violettes ; cela amena des duels et des rumeurs publiques.

Deux vaudevillistes se réunirent pour amener une conciliation entre le lis et la violette. Ils firent ce qu'on appelle aujourd'hui une pièce à femmes, — une exhibition de jambes, de poitrines, en un mot de femmes vêtues juste à ce point précis qui est plus indécent que la nudité. La scène représentait un parterre. Sur un trône rustique présidait Flore. — Il s'agissait de passer en revue les mœurs et la conduite politique des fleurs. — Le laurier était condamné à retourner au jambon ou à la casserole. — Le grenadier exilé au delà de la Loire. — Le lis était restauré comme roi des fleurs et solennellement uni à la rose. — Puis, tout à coup, la déesse aperçoit, cachée dans un coin du théâtre, une de ses sujettes enveloppée dans un manteau de pourpre sombre ; — les ministres de la déesse l'amènent, malgré sa résistance, au pied du trône. — Elle est obligée de dire son nom : la violette. — Ah ! ce n'est plus par une nouvelle pudeur qu'elle se cache, — c'est à cause de ses crimes : — la violette a refusé de reconnaître la royauté du lis ; elle s'est rangée sous les lois de l'usurpation, elle s'est compromise pendant les Cent-Jours

On l'interroge, on la juge, on la condamne ;

mais la clémence inépuisable l'amnistie, à condition qu'elle rentrera dans la modestie qui faisait autrefois sa gloire. La violette, repentante, chante un couplet en l'honneur de Louis XVIII, et toutes les fleurs entonnent le cri de : Vive le roi ! »

On n'a pas conservé les noms des deux auteurs de ce chef-d'œuvre ; on les retrouverait sans doute au frontispice des diverses pièces de circonstance. A la louange des gouvernements variés que nous avons eus depuis cette époque se mêle la critique injurieuse de ceux qui sont tombés.

Ginguené, républicain convaincu, s'était tenu à l'écart du pouvoir impérial. Lors de la seconde Restauration, après les Cent-Jours, il se tint également éloigné de la nouvelle cour ; — on lui fit proposer de célébrer en vers la chute de Napoléon : « Je laisse ce soin, dit-il, à ceux qui l'ont loué ; » et l'évènement prouva qu'il avait raison.

Anne d'Autriche ne pouvait supporter ni la vue ni l'odeur de la rose; on n'a pas besoin de dire qu'elle fut proscrite de la cour, — *talis rex, talis grex*.

Louis XIV aimait les fleurs violemment parfumées, il voulait avoir un oranger dans chaque chambre de son palais; — madame de Sévigné parle d'une fête donnée par le « grand roi » où il y avait pour mille écus de jonquilles.

Mademoiselle de la Vallière désireuse de cacher sa première grossesse, s'entourait de tubercules qui passaient pour mortels aux femmes dans cette situation, — mais dont l'odeur plaisait au roi.

Sous Louis XV, du reste, on préféra à l'odeur des fleurs les parfums composés qui avaient déjà été à la mode du temps de la reine Catherine de Médicis et sous ses trois fils : la civette, le castoréum, le musc, l'ambre gris; — et on se plut à s'oindre des divers excréments et de la fiente d'une sorte de rat, du castor, d'une chèvre et du cachalot ; car la civette, le castoréum, le musc et l'ambre gris ne sont pas autre chose.

Une odeur qui ne plaisait pas au roi, mais qui n'en fit pas moins son chemin, c'est l'odeur du tabac, que Jean Nicot, ambassadeur de France en Portugal, en 1560, envoya à la reine Marie de Médicis : d'où elle prit les noms d'*herbe à la reine* et d'*herbe médicée*. On se contenta d'abord de la fumer, à l'exemple des sauvages ; mais on finit par se la fourrer dans le nez. — Les gens délicats y mêlèrent de la fiente des animaux que j'ai nommés tout à l'heure.

Boileau parle des baisers au tabac.

Quelques jeunes seigneurs de la cour du grand roi affectaient de priser plus que les autres pour montrer de l'indépendance. Il est étrange de comparer le sort des deux sœurs du règne végétal : le tabac et la pomme de terre, toutes deux de la même famille et du genre *solanée*.

L'une, poison violent, infect, s'est répandue dans le monde entier, malgré les rois et les ordonnances les plus sévères. En Angleterre, on confisquait les tabatières, et le roi Jacques Ier faisait un poëme contre le tabac. — Urbain VIII excommunia les priseurs. — Je ne sais plus quel empereur de Russie leur faisait couper le nez; mais, le gouvernement français s'étant avisé d'abord de mettre un impôt sur le tabac, puis d'en prendre le monopole et de s'en faire un grand revenu, — les autres États s'adoucirent, devinrent tolérants et protégèrent ce poison.

La pomme de terre, au contraire, un des bienfaits *les plus donnés* de la Providence, puisqu'elle produit de petits pains tout faits, trouva longtemps des obstacles insurmontables pour se faire accepter. — En vain Louis XVI en fit servir sur sa table et en porta un bouquet en public. — Parmentier ne réussit à la faire entrer dans l'alimentation ordinaire que par deux circonstances.

Il en semait, il en donnait, on n'en voulait pas.

Il fit garder un champ et publier des défenses multipliées d'en arracher. — Ce fut le premier pas, on en vola et on commença à en manger. — Mais les famines, en partie réelles et en partie factices, qui désolèrent peu après la France, firent une nécessité d'avoir recours aux pommes de terre. Tant que la pomme de terre fut suspecte, on l'appela *parmentière*; mais, quand elle fut acceptée, on fit comme pour la découverte de Christophe Colomb, qui s'appela *Amérique*, et celle de Niepce, qui s'appela *daguerréotype*.

Encore un mot sur le tabac. Tant qu'on n'a fait que priser, il n'y a eu que demi-mal; car, après tout, on n'est pas forcé d'embrasser les gens, — surtout si, comme dit Boileau, on est *faible d'estomac;* mais le tabac fumé se répand au loin et empeste les promenades, les lieux publics et les voitures.

La liberté de chacun a une limite ; c'est la liberté des autres. Ceux qui aiment l'odeur du tabac ne pourraient-ils renfermer ce parfum dans des flacons bouchés à l'émeri, qu'il leur serait loisible d'aspirer à leur gré sans l'imposer aux autres ?

La reine Marie-Antoinette aimait beaucoup les fleurs ; c'est aux fleurs qu'elle a dû probablement la dernière sensation agréable de sa vie.

Enfermée dans une chambre humide et infecte à la Conciergerie, — elle n'avait pour vêtements qu'une vieille robe noire et des bas qu'elle ôtait, restant les jambes nues, pour les raccommoder elle-même. Je ne sais si j'aurais aimé Marie-Antoinette ; mais comment ne pas adorer tant de misère !

Une brave femme, madame Richard, concierge de la prison, trouva un bonheur et un luxe à donner à celle qu'il n'était pas permis d'appeler autrement que « veuve Capet » ; elle lui apportait chaque jour, et non sans danger, un bouquet des fleurs qu'elle aimait : des *œillets*, des *tubercules* et surtout des *juliennes*, sa fleur favorite. Madame Richard fut dénoncée et mise en prison.

Plus tard, une autre femme qui, elle aussi, avait été sur le trône, Joséphine, retirée à la Malmaison, demanda des consolations aux fleurs. Avec le secours d'un jardinier intelligent, appelé Dupont, elle rassembla toutes les espèces et variétés de roses que possédaient la France, l'Angleterre, la Belgique et la Hollande. — Dupont fit quelques semis et augmenta le catalogue des rosiers. Nous devons une partie des roses que nous possédons à l'impératrice Joséphine; — c'est une couronne que je préfère à la couronne de laurier de son époux.

J'ai beaucoup connu un élève de Dupont, Hardy, — qui, au Luxembourg, avait créé un *rosarium* célèbre dans toute l'Europe. Hardy fut mon maître, et c'est lui qui me reçut bien jeune encore bachelier ès roses.

J'ai vu, longtemps après, son chagrin — à une époque où les architectes s'emparèrent du Luxembourg, décidèrent que les arbres et les fleurs encombraient le jardin, et qu'il fallait les remplacer par des balustrades en pierre.

Il reçut l'ordre d'abattre des aubépines roses et blanches, des houx ébéniens aux grappes d'or et des sorbiers aux fruits de corail — au moins centenaires, qui étaient plantés en grand sur une des terrasses.

C'est encore un des souvenirs détruits de mon enfance, c'est encore un de mes premiers pas effacés dans ce Paris si embelli, dit-on, mais où, si j'y retournais, je me sentirais aussi perdu que le petit Poucet dans la forêt, quand les oiseaux eurent mangé les mies de pain qu'il avait semées sur sa route.

Hardy refusa d'ordonner le massacre et d'y présider, et il fit un voyage de quelques jours pour ne pas même y assister.

Une fleur qui joua encore un rôle dans l'histoire de Paris, c'est l'aubépine, cette pure et suave parure des noces.

« Le vingt-quatrième d'aoust 1572, le Roy Charles IX permit que les huguenots qui estoient à Paris fussent tués par les Parisiens. Et les autres villes, qui se formèrent sur l'exemple de Paris, mirent à mort les religionnaires qui estoient parmy eux. Cette saignée, quoiqu'elle ressentît quelque chose de cruel, empêcha une grande fluxion. »

C'est ainsi que parle de la Saint-Barthélemy un bon imprimeur de Paris, en MDCXLVI, avec privilége du roi Louis XIV, âgé alors de huit ans et déjà représenté dans le livre dont je parle avec une couronne de laurier, — parce que le duc d'Enghien avait pris Thionville, — parce que le maréchal de Gassion avait pris Gravelines ; — ce qu'on appelait le triomphe des armes du Roy. Or donc, le jour de la Saint-Barthélemy, on répandit le bruit qu'un pied d'*aubépine* que l'on avait cru mort s'était subitement couvert de feuilles et de fleurs.

Ce fut un texte pour les prédicateurs d'alors pour dire de très-jolies choses et prouver combien ce massacre, cette hécatombe d'hommes, avait été agréable à Dieu.

Le fait est rapporté par de Thou, qui se moque des prédicateurs.

Dans les embellissements successifs de Paris, on a fait entrer la prohibition définitive des jardins sur les fenêtres. — Ces jardins étaient le sujet d'une lutte qui datait de loin entre les citoyens et la police. Il existe des ordonnances contre ces pauvres jardins datées du règne de Louis XIII ; il en existe même de magistrats romains, et Martial parle d'un jardin, bien plus ! d'une campagne, d'une terre même sur sa fenêtre ; *Rus est mihi in fenestra.*

En enlevant ce plaisir aux Parisiens et en agrandissant tellement la ville, que toutes les campagnes qui l'avoisinaient s'y sont trouvées englobées et supprimées, on leur devait les *squares,* — auxquels on aurait pu seulement ne pas donner un nom anglais ; c'est la seule objection que j'aie à faire à cette idée, qui est excellente.

Les Égyptiens tenaient singulièrement à ce que l'air qu'on respirait dans les villes fût corrigé par les parfums — et en faisaient brûler sur les places publiques. — Il y avait des parfums de jour et des parfums de nuit.

Aristote dit que l'odeur agréable qui s'exhale des fleurs et des prairies ne contribue pas moins à la santé qu'au plaisir.

Ç'a été pour moi en particulier une des causes de mon éloignement des grandes villes, et j'ai ce bonheur que mes quelques souvenirs heureux sont imprégnés des odeurs suaves de la campagne et des jardins ; si bien que le parfum de certaines fleurs me les raconte encore aujourd'hui. L'odeur des ajoncs en fleurs sur les falaises normandes, l'odeur du foin coupé et commençant à sécher, l'odeur de la pluie d'orage, en ont long à me dire.

En sens tristement contraire, je me rappelle qu'un soir, au sortir de je ne sais quelle fête parisienne, je reconduisais chez elle — hélas! jusqu'à sa porte, — une très-charmante femme. C'était la première fois que je me trouvais seul avec elle. — Arrivés devant sa maison, nous nous arrêtâmes avant de sonner. — Elle avait commencé une phrase qu'il fallait laisser finir; puis j'en commençai si vite une autre, il faisait un si beau clair de lune, que nous nous mîmes à nous promener dans un espace de vingt pas devant cette porte; elle, de temps en temps, me disant : « Bonsoir, il faut que je rentre! » et moi : « Encore un instant; il n'est pas tard. »

Il s'était fait tard, et nous le savions tout deux; — si tard, qu'à ce moment commencèrent à s'exhaler des odeurs infectes produites par certains travaux nocturnes; je ne sais si, depuis, on a perfectionné cette opération. — Ce fut si odieux, qu'elle me dit : « Allons, il faut que je rentre ! » et que je ne lui fis plus d'objection. Seulement, je ne pus jamais séparer cette charmante femme de cette odeur.

Et je ne pouvais penser à elle sans qu'il me semblât la sentir encore ; de sorte qu'un voyage m'ayant fait, quelque temps après, quitter Paris pour un mois, je ne la revis jamais.

Tandis qu'il est tel de mes autres souvenirs qui, lorsque je l'évoque, exhale un parfum d'aubépine, tel autre de lilas, tel autre de violette, de muguet ou de chèvrefeuille. — J'avais souvent pensé à la destinée de ces pauvres filles du peuple passant leur vie entière dans le centre de la ville, dans ces quartiers obscurs et infects, — n'entendant jamais les premières paroles d'amour à leurs oreilles et dans leur cœur que dans des escaliers sentant le chou pourri, ou sous des portes cochères exhalant une odeur mêlée de boue et de vin frelaté. Grâce à ces places plantées d'arbres, à ces jardins publics établis dans chaque quartier, il n'en est plus ainsi.

Ces *squares*, puisque le nom est adopté, ont d'autres avantages : les jeux des enfants d'ouvriers n'auront plus exclusivement le ruisseau pour arène ; et, ce qui est encore plus grave, le *square* peut reconstituer le *quartier*, que les omnibus et l'étendue toujours croissante de la ville ont supprimé.

Or, voici l'importance que j'attache au quartier, et voici d'abord comment les squares peuvent le reconstituer :

Au lieu d'aller prendre l'air et se promener loin de son domicile, chacun se promènera et viendra respirer, dans les soirées d'été, dans les jardins de son quartier. — On y fera connaissance — et, qui plus est, on s'y connaitra. — On saura tout de suite que cette jolie blonde est la fille d'un employé du ministère, que cette brune est la fille d'un marchand du voisinage, que sa compagne est repasseuse ou lingère, que cette femme qui vient avec un enfant est la femme d'un professeur de lycée, etc, etc.

Se sachant connues, les femmes n'auront plus de raison d'adopter, à la grande misère de la famille et du ménage, ces déguisements qui ne tromperaient plus qu'elles-mêmes : elles s'habilleront conformément à leur état, à leur revenu, à leurs occupations.

En même temps qu'on trouvera une fille jolie, on pourra savoir si elle est honnête et laborieuse ; — on se connaîtra, les mariages ne se feront plus par le hasard d'une rencontre, ou d'après un mensonge mutuel ; — car un des inconvénients des grandes villes, c'est qu'en changeant de quartier, on peut changer de personnage ; qu'on se débarrasse en deux heures d'une mauvaise réputation ; qu'en quittant une rue où l'on était un paresseux, un ivrogne, un coquin, on peut aller dans une autre rue s'établir à nouveau pour quelque temps — homme honnête et considéré.

C'est quelque chose aussi de penser qu'on verra une belle jeune fille regarder et admirer des fleurs, au lieu de s'arrêter devant l'étalage et les vitrines des marchands de nouveautés et bijoutiers, — ces vrais miroirs à alouettes, où on les prend presque rôties au feu de l'envie et des désirs ambitieux.

Il est singulier que Paris ne possède pas un marché aux fleurs convenable ou un emplacement couvert comme les Halles. — Pourquoi n'y a-t-il pas une halle aux fleurs installée comme la halle aux poissons?

FIN

TABLE

Clichy. - Imp. M. Loignon, et Ce, rue du Bac-d'Asnières, 12.

EXTRAIT DU CATALOGUE MICHEL LÉVY

1 FRANC LE VOLUME. — 1 FR. 25 PAR LA POSTE

HENRY MURGER

	vol.
LES BUVEURS D'EAU	1
LE DERNIER RENDEZ-VOUS	1
DOÑA SIRÈNE	1
MADAME OLYMPE	1
LE PAYS LATIN	1
PROPOS DE VILLE ET PROPOS DE THÉÂTRE	1
LE ROMAN DE TOUTES LES FEMMES	1
ROUERIES DE L'INGÉNUE	1
LE SABOT ROUGE	1
SCÈNES DE CAMPAGNE	1
SCÈNES DE LA VIE DE BOHÊME	1
SCÈNES DE LA VIE DE JEUNESSE	1
LES VACANCES DE CAMILLE	1

A. DE MUSSET, BALZAC, G. SAND

LES PARISIENNES A PARIS	1

NADAR

LE MIROIR AUX ALOUETTES	1
LA ROBE DE DÉJANIRE	1

JULES NORIAC

LE JOURNAL D'UN FLANEUR	1
MADEMOISELLE POUCET	1

ÉMILE SOUVESTRE

LES ANGES DU FOYER	1
AU BORD DU LAC	1
AU BOUT DU MONDE	1
AU COIN DU FEU	1
CAUSERIES HISTORIQUES ET LITTÉRAIRES	2
CHRONIQUES DE LA MER	1
LES CLAIRIÈRES	1
CONFESSIONS D'UN OUVRIER	1
CONTES ET NOUVELLES	1
DANS LA PRAIRIE	1
LES DERNIERS BRETONS	2
LES DERNIERS PAYSANS	1
DEUX MISÈRES	1
LES DRAMES PARISIENS	1
L'ÉCHELLE DE FEMMES	1
EN BRETAGNE	1
EN FAMILLE	1
EN QUARANTAINE	1
LE FOYER BRETON	2
LA GOUTTE D'EAU	1
HISTOIRES D'AUTREFOIS	1
L'HOMME ET L'ARGENT	1
LOIN DU PAYS	1
LA LUNE DE MIEL	1
LA MAISON ROUGE	1
LE MARI DE LA FERMIÈRE	1
LE MAT DE COCAGNE	1
LE MÉMORIAL DE FAMILLE	1
LE MENDIANT DE SAINT-ROCH	1

ÉMILE SOUVESTRE (Suite)

	vol.
LE MONDE TEL QU'IL SERA	1
LE PASTEUR D'HOMMES	1
LES PÉCHÉS DE JEUNESSE	1
PENDANT LA MOISSON	1
UN PHILOSOPHE SOUS LES TOITS	1
PIERRE ET JEAN	1
PROMENADES MATINALES	1
RÉCITS ET SOUVENIRS	1
LES RÉPROUVÉS ET LES ÉLUS	2
RICHE ET PAUVRE	1
LE ROI DU MONDE	2
SCÈNES DE LA CHOUANNERIE	1
SCÈNES DE LA VIE INTIME	1
SCÈNES ET RÉCITS DES ALPES	1
LES SOIRÉES DE MEUDON	1
SOUS LA TONNELLE	1
SOUS LES FILETS	1
SOUS LES OMBRAGES	1
SOUVENIRS D'UN BAS-BRETON	2
SOUV. D'UN VIEILLARD. La dernière étape	1
SUR LA PELOUSE	1
THÉÂTRE DE LA JEUNESSE	1
TROIS FEMMES	1
TROIS MOIS DE VACANCES	1
LA VALISE NOIRE	1

E. TEXIER

AMOUR ET FINANCE	1

LOUIS ULBACH

LA VOIX DU SANG	1

PIERRE VERON

L'AGE DE FER-BLANC	1
AVEZ-VOUS BESOIN D'ARGENT	1
LA BOUTIQUE A TREIZE	1
LES CHEVALIERS DU MACADAM	1
LA COMÉDIE EN PLEIN VENT	1
LA COMÉDIE EN VOYAGE	1
EN 1900	1
LA FOIRE AUX GROTESQUES	1
LA GRRRANDE FAMILLE HASARD	1
GRIMACES PARISIENNES	1
MAISON AMOUR ET Cie	1
LES MARCHANDS DE SANTÉ	1
LES MARIONNETTES DE PARIS	1
M. ET Mme TOUT LE MONDE	1
MYTHOLOGIE PARISIENNE	1
NOS BONS CONTEMPORAINS	1
LES PANTINS DU BOULEVARD	1
PARIS COMIQUE SOUS LE 2e EMPIRE	1
PARIS S'AMUSE	1
LE PAVÉ DE PARIS	1
LES PHÉNOMÈNES VIVANTS	1
RESSEMBLANCE GARANTIE	1
LE ROMAN DE LA FEMME A BARBE	1
LES SOUFFRE-PLAISIR	1

Le Catalogue complet sera envoyé franco à toute personne qui en fera la demande par lettre affranchie.

IMP. CENTRALE DES CHEMINS DE FER. — IMP. CHAIX. — RUE BERGÈRE, 20, PARIS. — 10336-?

www.ingramcontent.com/pod-product-compliance
Lightning Source LLC
Chambersburg PA
CBHW070202030726
47505CB00006B/1553

www.ingramcontent.com/pod-product-compliance
Lightning Source LLC
Chambersburg PA
CBHW070205030726
47505CB00006B/1577
* 9 7 8 2 0 1 9 5 4 4 6 1 4 *